Sabine Bauch

Nebelpferde

S

Bibliografische Information der Deutschen Nationalbibliothek: Die Deutsche Nationalbibliothek verzeichnet
diese Publikation in der Deutschen Nationalbibliografie;
detaillierte bibliografische Daten sind im Internet über
dnb.dnb.de abrufbar.

Herstellung und Verlag:
BoD – Books on Demand, Norderstedt

ISBN: 9783753480244

Vorwort

Es ist nicht so, dass ich und meine Figuren leidenschaftlich Tabus brechen, wir interessieren uns nur nicht dafür.

Die Figuren entsprechen selten der Gesellschaftsnorm. Die einzige Regel, an die sie sich halten, ist: Leben und leben lassen. Errichten befriedigt sie mehr als zerstören. Und manche zerbrechen so lautlos.

Stilistisch merkt man es, weil wörtliche Reden keine neuen Absätze bekommen, sondern im Fluss bleiben wie im echten Leben, und deshalb sind die Geschichten auch in der Gegenwartsform geschrieben.

~Zeit vergeht~

Der Hof, hoch oben über dem Dorf zwischen den satt-grünen Bergwiesen, scheint lange schon verlassen zu sein. Vom Tal aus gesehen, bietet er einen romanti-schen Anblick und reiht sich harmonisch in die Kette der Berghöfe ein, doch bei näherer Betrachtung ist nicht zu übersehen, dass die Zeit auch in diesem abgelegenen Winkel gründlich ihre zersetzende Arbeit leistet.

Das Haupthaus lehnt sich mit dem Rücken gegen den Berg - linker Hand, wenn man die letzte Kurve der Schotterstraße vom Dorf her erreicht. Ihm gegenüber steht das Stallgebäude, das den Eindruck erweckt, es würde jeden Augenblick den Abhang hinunterrutschen, auf die darunter liegende Straße und vermutlich weiter über die steile Wiese, ein zweites Mal über den Fahr-weg, bis es von den ersten Bäumen des Waldes aufge-fangen werden würde. Der rückwärtige Teil des Gebäu-des stützt sich auf große Felsbrocken, die mit dicken Holzpfählen im Hang verkeilt sind. Hart wurde mit dem Berg um diese wenigen Quadratmeter waagerechter Fläche gekämpft. Hinter dem Stall steht ein weiteres winziges Nebengebäude. Kunstvoll wurde es zwischen zwei Felsblöcken eingepasst, die es beinahe rechtwin-kelig umschließen. Einer der Felsen fällt zur Straße hin senkrecht ab. Dort sprudelt aus einem Riss klares Was-ser und überquert in einer Rinne die Straße. Der zweite Fels gräbt sich den Berg hinauf in die Erde ein. Die Schotterstraße folgt ihm noch ein Stück und löst sich in einen schmalen Feldweg mit tiefen Spurrillen auf, der zuerst an Wiesen, die mit massiven Pflöcken und dickem Draht zu Weiden aufgeteilt sind, vorbeiführt, um dann hinter der Bergkuppe zu verschwinden. Es gibt kaum waagrechte Flächen. Das Gelände ist stark gefaltet und wenn zur landwirtschaftlichen Nutzung dann nur zur Viehhaltung geeignet. Doch entlang der Straße zum Hof, zwischen der letzten Kurve und dem Hauptgebäude wurde einst ein Acker bestellt. Noch lässt sich ein gewisser Grad an Kultivierung erkennen, doch die Natur ordnet sich die Fläche gerade wieder unter. Zwischen unzähligen Wildkräutern ragen trotzig einige vertrocknete Getreidehalme heraus. Der letzte Teil des Ackers ist zu einem Gemüsegarten eingezäunt, er liegt brach und die Stauden und Sträucher wuchern lange schon ungezähmt. Die Gehwege zwischen den Gebäuden wurden liebevoll mit Rundlingen gepflastert, nun lagert genügsames Hochlandgras in dicken Polstern darüber, aus denen die ersten frühlingshaften Spitzen hervortreiben. Das dicke Wurzelgeflecht zeugt davon, dass es in seinem Ausbreitungsbestreben lange nicht gestört wurde. Die abgestorbenen Zweige der Wildstauden aus dem letzten Sommer, überwiegend Disteln und Brennnesseln, zeigen wie mahnende dürre Finger in den blassblauen Himmel. Gewächse, die ein geschützteres Dasein vorziehen, konnten sich ungestört entlang der Hauswände ansiedeln und fangen vorsichtig an zu treiben. Das erste Grün des Frühjahrs garniert den Zerfall mit einem Hauch von Hoffnung, und doch trommelt die Natur auf dem Menschenwerk ihren unaufhörlichen Rhythmus.

Ein kräftiger Windstoß zerrt an der Stalltür, die nur noch von einem Scharnier und einem stark verrosteten

Riegel getragen wird. Die Holzbohlen sind von unten her morsch und brüchig und knarren missmutig im letzten Widerstand. Wer es wagt einzutreten, sieht, dass in den Boxen hoch das Stroh liegt, als ob das Vieh am Abend wieder hereingetrieben werden würde. Der Wind hat Staub, abgestorbenes Moos und vertrocknete Grashalme durch den Spalt am Tor die Stallgasse entlang geblasen, ansonsten wirkt alles aufgeräumt. Nur das Heu oben auf dem offenen Boden ist wegen der Löcher im Dach, durch die der Regen eindringt, größtenteils verfault. Es hängt dunkelgrün und fransig über der Kante und verströmt einen unangenehm stechenden Geruch. Auf einem Holzgestell steht umgedreht eine leere Milchkanne und die Jutesäcke daneben sind vielleicht einmal mit Getreide gefüllt gewesen, nun baumeln sie schlapp und zerfressen herunter. Einige Schalen haken noch in dem Gewebe und es ist mit Mäusekot verklebt. Selbst den Spinnen ist es zu einsam geworden. Ihre verlassenen, zu dicken, staubigen Fetzen zusammengerafften Netze hängen wie alte Vorhänge von der Decke. Die Hühnernester auf den drei Etagen des Regals an der hinteren Wand sind verlassen und zerzaust. Zwei hat der Wind hinuntergestoßen und so lange mit ihnen gespielt, bis sie sich in einer kometenhaften Spur Stroh aufgelöst haben. Der Hühnerkot am Regal ist zu Staub zerfallen und nur noch als weißer Schatten zu erkennen. Gleich neben dem Eingang stehen die üblichen Gerätschaften zur Stallarbeit an die Mauer gelehnt, ein Besen aus Binsen gebunden, ein hölzerner Rechen, dem zwei Zinken fehlen und eine verrostete Mistgabel. Das Gebäude selbst wurde für Jahrhunderte gebaut und hat einen Teil davon schon überstanden.

Ein Fundament aus grob behauenen Steinen trägt dicke Eichenbalken, die die Witterung schwarz gebeizt hat. Das Brennholz, das außen entlang der hinteren Stallseite aufgeschichtet ist, wurde von der Sonne silbrig gebleicht. Ein Vogelnest hat sich vom Dachgiebel gelöst und liegt auf dem Stapel, vergilbter Mais hängt an Haken darüber. Unter dem Giebel ist die Zahl 1805 eingeschnitzt.

Die Wände des Haupthauses sind weiß gekalkt, doch liegt dicker Staub in den groben Poren des Putzes, der an einigen Stellen abfällt. Die hölzernen Fensterstöcke und der Giebel trotzen schon mehrere Generationen der Witterung und werden dies weiterhin ohne größeren Schaden tun. Auch die Fensterläden sind massiv gearbeitet, sehnen sich allerdings nach einem neuen Anstrich. Einst war es wohl ein dunkles Grün, von dem Reste in den tieferen Rillen des Holzes klemmen. Die Fassade des Hauses ist schlicht, ohne Erker, ohne Vorsprünge, kein Vordach über dem Eingangsbereich. Hier oben werden seit Generationen keine Gebäude mehr errichtet. Die neuen, höchstens einhundert Jahre alten, aufwendiger verzierten Höfe der wohlhabenden Bauern gibt es nur unten im Tal. Die Bergbauern waren nie reiche Leute und sind es auch heute nicht. An der dunklen, eichenen Eingangstür hängt ein schweres Schloss, das zusammen mit dem Riegel offensichtlich nachträglich angebracht wurde. Silbern blinkt beides in der Sonne und passt so gar nicht zum Rest des altertümlichen Anwesens. Dicke Löwenzahnstauden zwängen sich durch die Steinplatten der beiden Stufen zur Haustür und die Wahrscheinlichkeit ist groß, dass sie sie bald zersprengen. Sogar eine kleine Holunderstaude streckt sich ungestört die halbe Türhöhe hinauf, doch die beiden steinernen Pflanztröge links und rechts sind leer. Regenwasser hat die Erde dort festgestampft. Unkraut beginnt zu sprießen. Die Fenster des Haupthauses sind von außen verstaubt. Doch dort, wo Neugierige den Staub kreisförmig wegwischten, strahlen die halbhohen gehäkelten Gardinen erstaunlich sauber hervor. Wer ins Innere blickt, schrickt vermutlich zurück, denn es sieht bewohnt aus und jederzeit könnte jemand den Raum betreten oder vielleicht schon lesend auf dem alten Lehnstuhl in der Ecke am Fenster sitzen. Bücher und Geschirr reihen sich in den einfach gearbeiteten Holzregalen. Auf dem massiven Tisch, der sicherlich schon mehrere Generationen überlebt hat, liegt eine sonnengelbe Decke mit einer schlichten Schale aus rotem Ton. Auf dem Dielenboden sind ohne erkennbare Ordnung Teppiche in leuchtendem Dunkelrot, Orange und Rostbraun verstreut, farblich passende Kissen und eine helle, gestrickte Schafwolldecke auf dem modernen rostfarbenen Sofa. Ein dunkelbraun gefliester Kachelofen ragt in den Raum. Die Einrichtung ist schlicht und auf das Nötigste beschränkt, kein übertriebener Schmuck, kein Zierrat. Es paart sich ländliche Moderne mit Altertum in schweigender Harmonie. Durch das Fenster auf der anderen Seite der Eingangstür sieht man in die Küche. Kein Obst liegt in der Schale, kein schmutziges Geschirr steht herum, keine Töpfe mit Essensresten vom Vortag auf dem alten, noch mit Holz zu beheizenden Herd. Die Körbe für das Feuerholz zu beiden Seiten sind leer. Töpfe stapeln sich in einem Regal darüber. Neben einem Buffet zwängt sich ein Tisch mit zwei Stühlen und einer Bank in die Ecke zum Fenster. Auf der anderen Seite stehen ein hoher, moderner Kühlschrank und eine alte, aber bereits elektrische Waschmaschine. Die antike Spüle nimmt die gesamte vierte Wandseite ein. Ein langer niedriger Holzschrank mit Marmorplatte und emaillierten Becken unter dem Wasserhahn. An Lackresten in den Spalten der Türfüllungen des abgebeizten, blanken Kiefernholzes erkennt man, dass er einmal weiß und hellblau gestrichen war. Die hohen Füße wirken wie Stelzen und man sieht den Staub, der sich darunter in lockeren Ballen auf den glatten Dielen zusammenrollt. Die dünne Staubschicht, die auf allem ruht, ist unberührt und damit von außen nicht zu sehen. Auch die mit ‚Theresa' unterschriebene Notiz auf dem Buffet, wonach das Vieh in den benachbarten Höfen untergebracht wurde, sieht man nicht. Aufmerksamen Beobachtern wird nicht entgehen, dass der vertrocknete Kaktus, der einsam auf der Fensterbank steht, die einzige Pflanze im ganzen Haus ist. Tote und ebenfalls vertrocknete Fliegen leisten ihm zweifelhafte Gesellschaft.

Die Leute im Dorf haben keinen Grund, hinauf zu kommen, wollen es auch nicht. Wandernde Touristen fragen manchmal, ob und warum der Hof unbewohnt ist und wundern sich über die schroffen, wenig informativen Antworten. Die Einheimischen wollen nicht erinnert werden an das, was gewesen ist. Es ist lange her und man redet nicht darüber. Es ist nicht zeitgemäß, laut von einem Fluch zu sprechen, doch viele, auch die Jüngeren glauben, dass auf dem Hof und seiner nächsten Umgebung einer liegt.

Der alte Brandhuber hauste dort lange allein und die Einsamkeit hat ihn verschlossen und sonderbar gemacht, doch das war er wohl irgendwie schon immer. Sprach man ihn im Dorf an, antwortete er mit einem Brummen oder Knurren, je nach Laune. Irgendwann wurde er nicht mehr beachtet. So wandelte er jahrelang wie ein unsichtbarer Geist durch die Gegend. Die meiste Zeit verbrachte er ohnehin auf seinem Hof. Er wirtschaftete nur für den eigenen bescheidenen Bedarf und so erübrigte sich jeglicher Kontakt zu Nachbarn und Dorfbewohnern.

Seine Gattin ist in jungen Jahren verstorben, niemand erfuhr jemals woran. Sie war eine freundliche und immer lustige Frau, die mit nicht zu bremsender Tatkraft die täglichen Arbeiten zwischen Küche und Stall verrichtete und das Brummen ihres Mannes nicht beachtet oder höchstens belächelt hat. Eines Tages mühte sich ein viel zu moderner Krankenwagen den holperigen Weg zum Hof hinauf. Der Brandhuber verrichtete jede Arbeit bis zum Schluss mit seinem Pferdefuhrwerk selbst als alle anderen schon Autos und Traktoren hatten. Die Brandhuberin wurde auf Veranlassen des alten Doktor Wanger ins Krankenhaus in die Stadt gebracht. Sie war noch jung gewesen, vielleicht Anfang vierzig, ist aber nie mehr zurückgekommen. Der Arzt verstarb kurz darauf selbst und von dem kauzigen Bauern hat niemand etwas erfahren. Bei einem seiner seltenen Besuche im einzigen Wirtshaus des Ortes konnte man zwischen dem Knurren vielleicht so etwas wie ‚Pfuscher‘ oder ‚totgedoktort‘ hören und trotz seiner verschlossenen Art waren sich die Dorfbewohner sicher, dass er um seine Frau getrauert hat.

Thomas, der Sohn, war damals zehn Jahre alt gewesen. Man erzählte sich, dass die Brandhuberin mehrmals schwanger war, aber nur diesen einen Jungen zur Welt bringen konnte. Weiter wurde gemunkelt, dass sie an den Komplikationen einer Schwangerschaft gestorben ist. Der Junge, in der Schule als lebhaft bekannt, wurde nach dem Tod seiner Mutter sehr verbissen. Oft erzählte er von den täglichen Streitigkeiten mit dem Vater, und dass er weggehen würde, sobald er könnte. Aus dem verbissenen Kind wurde ein zorniger junger Mann, der den Hof nach einer der vielen Auseinandersetzungen tatsächlich verließ. Er ergriff die Gelegenheit, nach dem Abschluss der Schule eine Ausbildung in der Stadt anzufangen. Seitdem hat keiner von ihm gehört. Dem knurrenden Alten ging jeder bei seinen glücklicherweise seltenen Besuchen im Ort aus dem Weg. Er hätte ohnehin nichts von seinem abtrünnigen Sohn erzählt. Eines musste man dem Alten lassen: Er redete nie viel und schon gar nichts Schlechtes - über niemanden. In den letzten Jahren kam er seltener. Der Pfarrer betrachtete es als seine Pflicht, alle paar Wochen nach ihm zu sehen, auch wenn der Brandhuber niemals ein fleißiger Kirchgänger war. Er brachte ihm Kuchen oder ein Päckchen Kaffee, Salz oder Tabak mit. Zur Beerdigung kam weder sein Sohn noch jemand aus dem Dorf. Eine alte, schwarz gekleidete Frau, die zufällig zur selben Zeit die Ruhestatt ihrer Angehörigen pflegte, blieb während der kurzen Ansprache des Pfarrers andächtig stehen. Der Brandhuber wurde an einem wunderschönen, sonnigen Frühsommertag zu Grabe getragen, als ob der Himmel daran erinnern wollte, dass er trotz allem kein schlechter Mensch gewesen war. Der Hof stand dann lange Zeit leer.

~Thomas~

Es sind drei Jahre seit dem Tod des Alten vergangen, als Thomas unangemeldet vor der Tür des Bürgermeisters steht und nach dem Schlüssel zum Hof fragt. Die Angelegenheit wurde wegen mangelnder Erben und sonstiger Interessenten ruhen gelassen. Der Gemeinde wird in solchen Situationen die Aufsichtspflicht übertragen.

Von da an kommt der junge Brandhuber jedes Wochenende. Erst allein, bald in Begleitung einer Frau. Jeden Freitagabend fahren sie den Berg hinauf in ihrem dunkelroten VW-Bus. Aus dem schlaksigen, zornigen Jungen ist ein ruhiger, besonnen wirkender Mann geworden. *Zu* ruhig, wie die Dorfbewohner bedauern, die gerne mit ihm ins Gespräch gekommen wären. Vermutlich wissen die beiden gar nicht, dass sie das Hauptgespräch der Gemeinde sind. Dass die jungen Leute ihre Heimat verlassen und nur zu seltenen kurzen Besuchen zu den Angehörigen zurückkehren, ist man gewohnt. Dass jemand, der so lange weg war - es waren wohl an die fünfzehn Jahre und Thomas muss inzwischen über dreißig sein - zurückkommt, das ist ungewöhnlich. Man versucht bei jeder Gelegenheit Kontakt aufzunehmen, um sie auszuhorchen, doch beide sind nicht sonderlich gesprächig. Es entgeht auch so niemanden, dass sie den Hof herrichten. Sie hätten sich aber viel lieber mit Thomas ausgiebig darüber unterhalten. Will er wirklich dort oben leben? Es ist nicht nur seine Schweigsamkeit, er ist nicht mehr der vertraute Junge von früher, er war

16

lange weg und ist ihnen fremd geworden. Thomas ist nicht unfreundlich, nicht brummig, aber schweigsam wie sein Vater. Der Junge wirkt reif und erweckt den Eindruck, als ob er genau weiß, was er will. Doch diese Berghöfe sind kaum gewinnbringend zu bewirtschaften und es wäre nicht der Erste, der nach dem Wegsterben der alten Generation leer steht oder nur im Sommer genutzt wird. Die Lebensqualität verbesserte sich schon zur Zeit des alten Brandhubers im bescheidenen Rahmen, die Gemeinde legte Strom hinauf und die Schotterstraßen werden gut instandgehalten, im Winter sogar geräumt, trotzdem ist das Leben sehr einfach und für Stadtmenschen vermutlich viel zu einsam. So bleiben die Leute skeptisch.

Als die Telefongesellschaft den Hof durch eine Leitung mit der Zivilisation verbindet, sind die Zweifel wie weggewischt. Als sich ein Möbeltransporter die enge Schotterstraße hinauf quält, kommt die Skepsis zurück. Nun haben sie zwei neue Mitglieder in ihrer Gemeinschaft und außer seiner Abstammung weiß niemand etwas über ihn und schon gar nichts über seine Frau. Oft bekommen sie das junge Paar auch weiterhin nicht zu Gesicht. Erst ist sicherlich viel zu tun, doch auch später leben die beiden sehr zurückgezogen. Thomas Brandhuber trifft man manchmal auf dem Markt oder wenn er beim Metzger oder bei einem der Bauern seine Kälber verkauft. Seine Frau kommt in unregelmäßigen Abständen mit dem klapprigen VW-Bus ins Dorf, um die wenigen Dinge zu kaufen, die sie nicht selbst erzeugen können. Sie ist schweigsam und immer seltsam abwesend. Wenn sie einen Menschen wahrnimmt, dies geschieht ganz plötzlich und ohne ersichtlichen Grund, beschenkt sie denjenigen mit einem strahlenden und herzlichen Lächeln. Der jeweils Beglückte ist darüber so erstaunt, dass es auch bei dieser Gelegenheit zu keinem Gespräch kommt. Es ist normal, dass in kleinen Ortschaften wenig vorteilhaft über Außenseiter geredet wird, doch wer von der jungen Brandhuberin angelächelt wurde, fängt an, sie gegenüber den anderen zu verteidigen, auch wenn er weiterhin nichts über sie weiß. Und schließlich wird sie in ihrer freundlichen Sonderlichkeit akzeptiert.

Erst wird gemunkelt, dann ist es nicht mehr zu übersehen, die Brandhuberin ist schwanger. Lange kommt sie trotzdem regelmäßig, um ihre Einkäufe zu erledigen. Dann sieht man wochenlang nur Thomas, bis wieder Gerede aufkommt. Dieses Mal über den Verbleib von Mutter und Kind. Endlich wagt es jemand, den jungen Brandhuber darauf anzusprechen und der erzählt mit einem stolzen Grinsen, es sei längst da und auf dem Hof und Rosalinde viel zu beschäftigt, um die Einkäufe zu erledigen. Dann kommen Thomas und seine Frau abwechselnd, doch das Gerede will nicht aufhören, denn das Kind hat immer noch niemand gesehen. Keiner hat so engen Kontakt zu den jungen Leuten, um sie auf dem Hof zu besuchen und zu fragen traut sich auch niemand. Wenn mit dem Kind etwas geschehen ist, würde die Frage nur Unannehmlichkeiten nach sich ziehen. So verhält man sich zurückhaltend, wachsam, beobachtend und fühlt sich bei jeder der wenigen Begegnungen unangenehm an das ungewisse Schicksal des Kindes erinnert. In dieser Zeit steht das Schweigen auf beiden Seiten wie eine unüberwindbare Mauer.

~Das Mädchen~

Viele haben das Kind und den ganzen Vorfall schon vergessen. Seit Generationen ist man daran gewöhnt, Schicksalsschläge mit ländlichem Gleichmut hinzunehmen. Nicht, dass die Bewohner gefühllos sind, es ist vielmehr die Gewissheit, dass gegen diese Macht, die ohnehin Vorbestimmung ist, keiner etwas ausrichten kann. Man erträgt die Schläge und lächelt kaum merklich in sich hinein, wenn einmal etwas Gutes geschieht. Daher erstarrt die alltägliche Szene in und um das kleine Lebensmittelgeschäft für Sekunden, als neben der jungen Frau Brandhuber ein dunkelhaariges, inzwischen sicherlich zweijähriges Mädchen aus dem Auto springt und sich neugierig umsieht. Die Nachricht verbreitet sich wie ein Lauffeuer und im Nachhinein hält es jeder für selbstverständlich, dass man mit einem Säugling nicht die gefährliche, kurvige Straße hinunterfährt. Die beiden jungen Leute haben das Misstrauen gespürt, konnten es sich allerdings nicht erklären und kümmerten sich nicht weiter darum. Das Aufeinandertreffen verläuft wieder entspannter. Die Dorfbewohner sehen das Kind heranwachsen und über das Mädchen kommt man mit der Mutter das eine oder andere Mal ins Gespräch. Nicht dass die junge Frau redseliger geworden ist, doch sie antwortet höflich auf Fragen und erzählt ein wenig von dem Leben der kleinen Familie. In der altbäuerlichen Gemeinde gilt dies als angemessener Kontakt.

Zur nächsten Verstimmung kommt es erst wieder, als Verona eingeschult wird. Jeden Morgen muss sie einen Fußmarsch von über einer Stunde ertragen. Bei der heftigen und übereifrigen Kritik bleibt unbeachtet, dass auch von den anderen Berghöfen die Kinder zur Schule kommen. Der Hof der Brandhubers ist der einzige, der direkt über dem Ort liegt. Die anderen Kinder gehen nach unten zur Hauptstraße, wo sie von einem Schulbus aufgesammelt werden. Veronas Abstieg bringt sie direkt ins Dorf. Allerdings gibt es auf den meisten Höfen mehrere Kinder, die gemeinsam den Weg zurücklegen. Das Mädchen kommt allein. Im Winter sieht man sie schon von weit oben oder vielmehr ihre dicke rote Wolljacke, die sich die Serpentinen herunter arbeitet, zeitweise hinter Bäumen verschwindet, um mit rosigen Backen zur Schule zu marschieren. Im Sommer läuft sie geradewegs durch den Wald den Hang hinunter. Egal wie, es ist Grund genug für einige Eltern, die Situation lautstark als nicht zeitgemäß anzuprangern.

Thomas hat zwei Kälber zum Metzger herunter getrieben und wartet vor der Schule auf seine Tochter. Hinter Verona kommt der Klassenlehrer auf ihn zugelaufen. „Herr Brandhuber, kann ich Sie kurz sprechen?" - „Was gibt es denn? Hat Verona etwas angestellt?" - „Nein. Kommen Sie bitte herein. Es dauert nicht lange." Thomas wird unruhig. „Können wir das nicht hier besprechen? Ich würde gerne wieder hinauf zum Hof." Der Lehrer sieht zum Schulhaus zurück, als würde er sich von dort Unterstützung erwarten und tritt nervös von einem Fuß auf den anderen. „Wissen Sie, es ist so. Einige Mütter von Veronas Klassenkameraden haben mich angesprochen, dass sie das Mädchen während der Woche gerne bei sich aufnehmen würden, da der Weg für die Kleine sehr anstrengend ist. Das würde Ihnen gar nichts kosten und Ihre Tochter hätte mehr Kontakt zu den anderen Kindern." Thomas Gesicht verfinstert sich. Er schweigt nachdenklich, starrt dabei den Lehrer unverwandt an, dieser wird noch nervöser. Dann beugt er sich zu seiner Tochter hinab. „Wenn du gerne während der Woche im Dorf bleiben möchtest, dann finde ich das in Ordnung und auch Mama würde ich es irgendwie erklären. Was meinst du?" Das Mädchen sieht unsicher zu ihrem Lehrer auf. Seit Tagen redeten viele Erwachsene in der Schule auf sie ein. ‚Sie hätte es viel besser im Dorf. Sie könnte bei ihren Klassenkameraden bleiben und nach der Schule mit ihnen spielen. Es wäre viel lustiger als dort oben auf dem einsamen Hof'. Das Mädchen hat nie darauf reagiert und ging unbeirrt nach der Schule hinauf. Oben hatte sie alles vergessen und ihren Eltern nichts erzählt. Nun blickt sie ängstlich zu ihrem Vater. „Darf ich bei euch bleiben?" Thomas lächelt. „Genau das würden sich deine Mutter und ich wünschen." Er sieht kurz zum grauverhangenen Himmel hinauf. „Na komm, lass uns gehen, bevor es zu regnen anfängt." Thomas dreht sich im Fortgehen zum Lehrer um und streift ihn mit einem Blick, der unmissverständlich sagt, dass er keine weitere Beeinflussung seiner Tochter wünscht.

Damit verstummen die Kritiken. Veronas schulische Leistungen sind gut und ihr zurückhaltendes Wesen wird von vielen ohnehin für Höflichkeit gehalten. Das Mädchen verhält sich nicht auffällig, wirkt gesund und manchmal sogar munter. Es gibt keinen haltbaren Grund für weitere Einwände. Zu Theresa Müller, einem

Mädchen aus ihrer Klasse, entwickelt sich eine engere Freundschaft und sie bleibt an manchen Nachmittagen im Dorf, um zusammen mit ihrer neuen Freundin die Hausaufgaben zu machen. Immer noch gibt es Misstrauische, die die beiden beobachten, wenn sie im Garten spielen, doch das Kind verhält sich absolut normal und so akzeptiert die Dorfgemeinschaft die Situation, wenn auch mit Murren. Bei keiner der alteingesessenen Familien hätte man gewagt, sich derart einzumischen. Es ist ungewöhnlich, dass es wegen einem kleinen Mädchen zu einem fast revolutionären Verhalten kam, wo man gewohnt ist, die Dinge auszusitzen, abzuwarten, um dann, wenn ein Unglück geschieht, laut zu bekunden, dass man es von Anfang an gewusst hätte.

Verona und Theresa kümmern sich nicht um diese Unstimmigkeiten, bemerken sie vermutlich nicht einmal. Sie sind viel zu sehr mit sich selbst beschäftigt. Mit sich und der Welt, die es zu entdecken gibt. Man sieht sie von der Schule zum Haus der Müllers laufen. Theresa, die vorauseilt, hier und dort hinrennt, Dinge entdeckt und dies lautstark verkündet, Leute anspricht und allerlei erzählt. Verona, die hinterherkommt, langsam, bedächtig, alles aufmerksam beobachtend. Auch sie bleibt stehen, um etwas genauer zu betrachten, einen Käfer, der einen Ast hinauf läuft, den Wind, den sie auf ihren Wangen spürt und nachlauscht. Sie lächelt dann und blickt sich um, weil sie sicher ist, dass alle es bemerken müssen, aber sie sieht nur Theresa weit voraus rennen, sich umdrehen und ungeduldig winken. Schon in dieser Zeit fühlt sich so mancher von dem Kind unangenehm überwacht, wenn sie vor ihnen stehen bleibt und sie bei ihren Tätigkeiten beobachtet. Manch einer wird sogar ungehalten und fährt es an, ‚was es zu schauen gäbe', auch wenn sie sich im Nachhinein darüber ärgern, da es doch nur ein kleines Mädchen ist.

Als die beiden in das Alter kommen, in dem Mädchen stundenlang tausend Dinge miteinander besprechen, übernachtet Verona oft bei den Müllers. Und Theresa hat viel mit ihrer Freundin zu bereden. All die Dinge, von denen sie behauptet, man kann sie nicht mit den Eltern besprechen. „Die haben dafür überhaupt kein Verständnis", sagt sie und schüttelt ernst den Kopf. Dann verzieht sich ihr Mund zu einem geheimnisvollen Lächeln. „Hast du gesehen, wie dich Sebastian heute ansah? Es fehlte nicht viel und er hätte dich angesprochen. Was hältst du von ihm? Der ist süß, oder?" Verona zögert. „Ich weiß nicht. Und was soll ich mit dem reden?" - „Reden? Du sollst mit ihm nicht reden, das ist ein Junge, mit denen redet man nicht." Verona verzieht das Gesicht, als ob sie etwas sehr Saures gegessen hätte. „Ach Verona", seufzt ihre Freundin und schüttelt den Kopf, „manchmal bist du schon komisch."

‚Manchmal bist du schon komisch'. Dieser Satz weht oft durch Veronas Kopf, wenn sie in den Pausen still an einer Wand gelehnt steht und mit dem ganzen Treiben um sich herum so gar nichts anzufangen weiß. Das ewige Gekicher der Mädchen, ihre Geheimnisse und das Gerede darüber, wie sie den Jungs gefallen könnten. Die wiederum stehen dumm herum, prahlen mit all dem, was sie Tolles getan haben oder verprügeln sich gegenseitig ohne ersichtlichen Grund. Sie beobachtet es verständnislos und weiß, dass ihr etwas fehlt, dass sie komisch ist. Sie ist nicht gern allein, doch in der

Gesellschaft ihrer Klassenkameraden fühlt sie sich einsam. Mit Theresa ist das anders. Natürlich verhält die sich in der Schule genauso wie die anderen, aber wenn sie mit ihr zusammen ist, dann können sie sich über andere Dinge unterhalten, normale Dinge. Über ein Buch, das sie gelesen hat und sie liest viel oder die Fragen, die ihr so durch den Kopf gehen. Zum Beispiel, ob die Erde tatsächlich rund ist, ob es wirklich überhaupt kein Ende gibt. Denn ohne ein Ende kann man nicht darüber hinaus in eine andere Welt springen. Dass es andere gibt, dessen ist sie sich sicher, nur von den Wegen, auf denen man dorthin gelangt, hat sie keine konkrete Vorstellung. Früher, als sie klein war, hat sie versucht, mit einem Lehrer darüber zu sprechen. Die sollten das wissen, hat sie sich gedacht, aber der lachte sie nur aus. Theresa lacht auch, aber sie hört zu und spinnt ihre eigenen Gedanken darunter und da glaubt sich Verona der Lösung ganz nahe. Aber eben nur manchmal und eben nur nahe. Sie ist zuversichtlich, dass sie all die Zusammenhänge begreifen wird, wenn sie erwachsen ist.

Dass sie komisch ist, das ist ihr seit langem bewusst. Gerne würde sie es mit ihrer Mutter besprechen. Die Mädchen aus ihrer Klasse beklagen sich immerfort, dass sie mit ihren Müttern nicht reden können, dass diese kein Verständnis für ihre Probleme haben und sie auslachen oder meistens gar nicht zuhören. Ihre Mutter hört immer zu und sie nimmt all ihre Sorgen sehr ernst, doch sie hat sich verändert. Vor langer Zeit fing es an und es wird schlimmer. Manchmal bekommt sie nun auch keine Antwort mehr, allerdings nicht, weil ihre Mutter zu beschäftigt oder nicht interessiert ist. Nein, sie ist einfach nicht mehr da. Ihr Körper geht durch den Raum oder er steht am Fenster und starrt in den Nebel, doch in diesem Körper ist niemand anwesend. „Mama?" hat sie sie anfangs leise angesprochen und leicht am Ärmel gezupft, aber der hohlen Figur schien jegliche Bewegungsmöglichkeit abhandengekommen zu sein. Verona traute sich nicht, ihre Mutter heftiger zu schütteln. Etwas sagte ihr, dass der Körper exakt an dieser Stelle stehen bleiben muss, damit der Geist zurückkehren kann. Dies dauert oft mehrere Stunden. Sie weiß nicht, ob ihr Vater das jemals erlebt hat. Er ist meistens draußen beschäftigt und in diesen Zustand verfällt ihre Mutter nur am späten Nachmittag, wenn die Arbeit des Tages erledigt ist und sie sich eine Rast gönnt. Anfangs, als sie während dieser Pausen noch erreichbar war, hat sie ihrer Tochter erzählt, dass sie nun Zeit hat, ihren Geist auf Wanderschaft zu schicken, in ferne Welten und andere Zeiten. Anfangs fand es Verona aufregend. Sie stellte sich neben sie und versuchte mitzureisen, obwohl sie nicht verstand, wie ihre Mutter das meinte. Sie kicherte, wenn sie die starre Haltung imitierte, aber der Blick ihrer Mutter war in diesem Moment so ernst in den Nebel gerichtet, dass sie Angst bekam. Auch das leise bange Flehen ihrer Tochter konnte die Reisende nicht zurückholen, noch die Tränen, die der Kleinen über die Wangen liefen. Irgendwann hat sie gelernt, mit dieser Angst umzugehen. Schließlich kommt ihre Mutter immer zurück und ist dann ausgesprochen fröhlich. Man hört Mutter und Tochter laut singen und dies ist die Stimmung, in der Thomas die beiden vorfindet, wenn er ins Haus kommt. Verona erzählte ihrem Vater niemals von den bangen Momenten davor. Die hat das Kind bei der ausgelassenen Stimmung auch längst vergessen. Nur dann war auch nicht mehr der richtige Moment, um über ihr ‚komisch sein' zu reden, was sie übrigens dann auch vergessen hatte.

Wenn sie später an ihre Mutter dachte, sah sie sie kurz als starre Silhouette im dämmrigen Raum am Fenster stehen und in den Nebel starren und dann ausgelassen mit ihr herumtoben. Die freudige Erinnerung überwiegt dabei und so lächelt Verona, wenn sie an sie denkt. Vielleicht hat ihre Mutter von den Verbindungswegen zwischen den Welten gewusst. Warum hat sie sie nie danach gefragt? Dann war es zu spät.

Sie kann es zwar nicht in Worte fassen, doch es ist so eine Ahnung, dass die Reisen ihrer Mutter in einem Zusammenhang stehen mit einer anderen, entscheidenden Erfahrung, die sie als Kind machte. Beides scheint zusammenzuhängen und ist doch anders, sowie zwei unterschiedliche Wege zum gleichen Ziel. Als sie klein war, bevor sie in die Schule kam, fuhr sie mit ihren Eltern oft in die Stadt, zu der Tante ihrer Mutter. Es war immer sehr lustig bei der alten Dame. Jedes Mal trafen sich in der winzigen Stadtwohnung an diesen Sonntagnachmittagen viele andere Verwandte, von denen Verona kaum die Namen und schon gar nicht die verwandtschaftlichen Beziehungen kannte. Aber dann starb die Tante und Veronas Eltern erklärten ihr, dass sie für ein paar Tage in die Stadt fahren müssten, um sich von ihr zu verabschieden. Sie übernachteten in der vertrauten Wohnung und Verona verstand nicht, warum die Tante selbst nicht da war. Sie wäre nun irgendwo anders, sagte man ihr und dort würde sie bleiben.

Am ersten Abend sollte sie ihr bestes Kleid anziehen, denn man würde die Tante nun besuchen. Verona hätte sich gefreut, aber es herrschte eine sehr bedrückende Stimmung um sie herum. Zusammen liefen sie durch die vorabendlich ruhigen Straßen. Vor einer Kirche warteten bereits weitere Familienangehörige. Auf das Zeichen des Pfarrers betraten alle einen kleinen Raum in einem Nebengebäude. An allen Wänden hingen schwere dunkle Vorhänge und Verona fragte sich, was dahinter sei, aber ihre Mutter hielt sie fest an der Hand, sodass sie keine Möglichkeit hatte, sich kurz davonzuschleichen. Außerdem irritierte sie dieser furchtbare Gestank. Sie konnte sich nicht erklären, nach was es roch. Es war schrecklich stickig. In dem Raum standen Stühle. Gerade genug, damit jeder einen Sitzplatz fand. Verona fragte sich in diesem Augenblick, ob das ein Zufall war. Ihre Eltern setzten sich in eine der hinteren Reihen und sie musste bei ihnen bleiben. Ihre Mutter erklärte ihr flüsternd, dass ganz vorne die Tante sei und sie alle hier sind, um sich zu verabschieden. Verona sah zuerst nur die Rücken der Leute. Sie wollte vor gehen, um die Tante zu begrüßen, aber ihre Mutter hielt sie unnachgiebig am Arm fest. Als sich alle hingesetzt hatten, konnte sie, auf den Zehenspitzen stehend, einen Blick auf eine Person erhaschen, die ganz vorne auf einem Tisch schlief. Die Person war bleich und sah irgendwie sonderbar aus. Starr, unnatürlich wie eine dieser Puppen, die sie immer in den Fenstern der großen Kaufhäuser gesehen hatte. Verona wusste nicht warum, nur es war ihr beim ersten Anblick sofort klar. Das war nicht ihre Tante. Sie sah ihr vielleicht ähnlich, aber sonst war dieser schlafende Mensch, der so gar nicht Mensch war, absolut fremd. Sie fing an, aufgeregt zu schnaufen, wandte sich zu ihrer Mutter, um ihr den Schwindel zu erklären, der anscheinend nur ihr aufgefallen war, aber ihre Mutter deutete nur schweigend auf den leeren Stuhl neben sich und sah sie so traurig an, dass Verona schwieg. Trotzdem blieb ihre Aufregung und eine innere Stimme schrie immerfort ‚Nein'. Sie hoffte, dass es noch jemand bemerken würde, aber alle saßen nur eine lange Ewigkeit schweigend mit gesenktem Kopf da. Keiner bewegte sich. Manchmal hörte man einen tiefen Atemzug, ein leises Husten, einen Seufzer und ganz vorne weinte jemand die ganze Zeit, untermalt von einem singenden Gemurmel. Der Raum wurde nur von einigen großen Kerzen auf hohen Ständern erhellt. Ihr Licht warf zuckende Schatten gegen die schwarzen Vorhänge. Durch das goldschimmernde Halbdunkel wurde die Szene noch unwirklicher. Alles schien zu schweben oder sich in Zeitlupe zu bewegen. Verona kam es vor, als ob ihre Verwandten nicht starr dasitzen würden, sondern sich unendlich langsam bewegen, im Hintergrund die nervös zuckenden Schatten. Sie hob langsam ihren Arm und ließ ihn genauso langsam wieder sinken. Anschließend schaute sie schuldbewusst zu ihrer Mutter. Die blickte auf ihren Schoß. Der Gestank und die Hitze wurden unerträglich. Jedes Mal, wenn sie sich später an die Szene erinnerte, glaubte sie es zu riechen. Sie fühlte sich damals schwindelig und fragte sich, wann sie wieder gehen würden. Doch es schienen Stunden zu vergehen, bis der Pfarrer aufstand und alle verabschiedete. Verona war so froh, endlich diesen schrecklichen Raum verlassen zu können, dass sie gar keinen Versuch mehr machte, ihre Entdeckung jemanden zu erzählen. Am nächsten Tag sollten sie wieder hin, aber sie verkroch sich hinter dem Sofa und schrie nur: „Nein, das ist blöd. Da will ich nicht mehr hin". Den Eltern blieb letztendlich nichts anderes übrig, als ihre Tochter zusammen mit einer älteren Cousine in der Wohnung zurückzulassen. Verona weigerte sich auch an den folgenden Tagen außer Haus zu gehen. Erst als ihre Eltern versprachen, dass sie heimfahren würden, wagte sie sich wieder vor die Tür.

Während der wenigen Tage war es zwischen ihren Eltern und einigen Verwandten immer wieder zu Streit gekommen. Vermutlich war das der Grund, warum sie zum letzten Mal dort waren. Zu Hause dachte sie lange über das Erlebte und Gesehene nach. Es war das erste Mal, dass sie über etwas nicht mit ihren Eltern reden konnte. Irgendwie glaubte sie auf eines der großen Geheimnisse gestoßen zu sein. Etwas, was sie selbst für sich klären musste, aber das sollte noch viele Jahre dauern. Einen Zusammenhang zwischen diesem Geheimnis und den Reisen ihrer Mutter aus dem Wohnzimmer durch den weißen Nebel erahnte sie damals schon.

Theresas Freundschaft zu Verona bleibt bestehen, trotz ihres ‚komisch seins' oder vielleicht gerade deswegen. Theresa wundert sich über die Distanz zwischen ihrer Freundin und den Menschen in ihrem Umfeld. Auf das kleine Mädchen mit den großen, staunenden Augen sind die meisten noch unbekümmert zugegangen, auch wenn die schon immer diesen ernsten, traurigen Ausdruck hatten. Später verlor sich der Kinderbonus. Fast jeder im Dorf betrachtet sie mit distanzierter Höflichkeit, besorgtem Unverständnis oder weicht ihr ganz aus, als ob etwas sehr Absonderliches an ihr ist. Etwa ein dickes Horn auf der Stirn oder ein langer Schwanz, den sie hinter sich herzieht. Theresa beobachtet es mit Unverständnis. Wie in einem Boxring. Auf der einen Seite die Dorfbewohner in abwartender, defensiver Haltung, leicht geduckt, bereit, dem ersten Schlag auszuweichen. In der Mitte sie selbst, die versucht, hinter das Geheimnis zu kommen, bevor der Kampf beginnt. Warum spürt sie diese Wirkung nicht oder wie, wann und warum hat sie sich daran gewöhnt? Sie fühlt sich nicht dazu berufen, aber sie steht in der Position des Ringrichters ohne Ausbildung und Erfahrung für das Amt, froh um jede Verzögerung. Auf der anderen Seite Verona, die sich ihrer Wirkung durchaus bewusst ist, obwohl sie diese weder wissentlich herbeiführt, noch gutheißt, als gegeben und unabänderlich hinnimmt. Verona fordert Begegnungen nie heraus, macht lieber einen unauffälligen Bogen um jemanden, um ihm die unangenehme Situation zu ersparen, die ihr selbst anscheinend um vieles unerträglicher ist. Sie sucht niemals von sich aus Kontakt, obwohl sie auf keinen Fall schüchtern oder unsicher ist, ganz im Gegenteil. Theresa bewundert Veronas Beharrlichkeit, ihre Zielstrebigkeit und das unerschütterliche Selbstbewusstsein. Von ihrer Freundin wird also auch nicht der erste Schlag kommen. Sie begegnet jedem mit beständiger Freundlichkeit, obwohl es Theresa immer häufiger so vorkommt, dass dieses Lächeln nicht nur Freundlichkeit, sondern auch Mitleid und die milde Nachsicht des Überlegenen ausdrückt. Eine Veränderung, die sie durchaus mit Genugtuung und amüsiert betrachtet, da ihre Freundin mit ihrer geduldigen Friedfertigkeit die Ablehnung der Gegenseite nicht verdient. Bezüglich der Friedfertigkeit ist sie sich allerdings auch nicht mehr sicher. Seit Kurzem deutet sie es anders. Ihre Freundin hat es nicht gern, wenn man ihr Vorschriften macht und so gesteht sie ohne jeglichen Vorwurf, ohne nachtragend zu sein, ihrerseits jedem Menschen die Freiheit zu, ihr auszuweichen. Theresa machte eine weitere aufregende Beobachtung. Verona besitzt die vermutlich unbewusste Fähigkeit, jemanden durch einen interessierten, aber vielleicht zu tief dringenden Blick verstummen zu lassen. Der Betroffene wendet sich dann, wie wenn er von unsichtbaren Fäden geführt wird, zerstreut ab, als ob ihm eingefallen ist, dass er etwas ganz Wichtiges, Unaufschiebbares zu erledigen hat, ohne sich über sein eigenes Verhalten zu wundern, ohne sich zu erinnern, was er eigentlich vorhatte. Theresa nennt es heimlich ‚die Gehirnwäsche' und kann jedes Mal nur schwer ein Grinsen unterdrücken, auch wenn sie sich gleichzeitig fragt, wie es funktioniert. Ihre Freundschaft ist begleitet von einem immerwährenden, erstaunten Kopfschütteln.

Sie war von dem kleinen Mädchen mit den großen, braunen Augen und den glatten, dunklen Haaren vom ersten Schultag an fasziniert. Es lehnte in den Pausen schweigend an der Wand und beobachtete aufmerksam alles um sich herum. Seine Kleidung wirkte immer irgendwie zu groß und schien auch ohne den unauffälligen Inhalt von selbst zu stehen. Es wich nicht zurück, wenn es geschubst wurde, zeigte aber niemals eine verärgerte Reaktion. Verona stand unbeweglich da oder umrundete langsam den ganzen Pausenhof und beobachtete, als ob ihr jemand dazu einen geheimen Auftrag erteilt hätte, als ob sie nur die Augen für jemanden trüge, der unsichtbar bleiben will. Theresa kannte die meisten anderen Kinder, sie waren alle miteinander aufgewachsen. Sie wurde gehänselt wegen ihrem Interesse an der Neuen, doch die Faszination blieb. Damals machte sie sich über das Warum keine Gedanken. Sie war neugierig gewesen und daran hat sich bis heute nichts geändert, trotz der unzähligen Stunden, die sie miteinander verbracht haben und weiterhin hat sie keine Erklärung dafür. Vielleicht, weil ihr bewusst ist, dass sie dieses Wesen trotz allem nicht kennt oder weil Verona gut zuhören kann. Ihre anschließenden Kommentare sind stets - auch als Kind waren sie das schon - nüchtern und durchdacht. Manchmal kann Theresa ihren Ausführungen nicht folgen, sie klingen fantastisch und zugleich überzeugend. Später begriff sie, dass Verona zuhört, weil es ihr unangenehm ist, von sich zu erzählen. Vermutlich hat sie sehr früh die Erfahrung gemacht, dass sie die Menschen durch ihre Erzählungen abschreckt. Theresa erinnert sich an Momente, in denen Verona sie mitnahm in ihre bizarre Welt aus gelesenen, gehörten, geträumten und erdachten Geschichten. Sie führten stundenlange Gespräche über die Dinge, die ihre Freundin bewegten, aber immer hatte sie das Gefühl - früher eine vage Ahnung, später Gewissheit - als würde in diesen Erzählungen etwas fehlen, als wollte Verona sie davor bewahren, direkt am Abgrund zu stehen und die wirkliche Tiefe dieser Schlucht zu erkennen.

Veronas Distanz zu ihrer Umgebung wurde mit zunehmendem Alter größer. Theresa hat als Kind den kleinen Schritt gewagt zu diesem fremdartigen Wesen hin und ist sehr froh darüber. Heute wäre der Sprung zu groß, aber sie steht schon auf Veronas Seite oder hat zumindest eine Brücke zu ihr gefunden. Spät, vielleicht zu spät, hat Verona über die Dinge zu sprechen angefangen, die sie bewegten - durchrütteln ist die treffendere Bezeichnung. Spät, zu spät ist Theresa klar geworden, dass sie ihre Freundin viel öfter hätte auffordern sollen, zu erzählen, doch das ist nicht ganz die Wahrheit. Sie hatte eine Ahnung von dieser Welt. Sie wusste, dass unter der Brücke ein reißender Fluss tobte. Sie weigerte sich aber bis zum Schluss nach unten zu sehen, sonst wäre sie vielleicht vor lauter Angst nicht mehr hinüber gegangen.

Hörte Theresas Mutter zu, wenn Verona laut darüber nachdachte, was sie beschäftigte, lächelte sie und schüttelte den Kopf über die Flausen und Verrücktheiten dieses Mädchens, die ihr wie eine zweite Tochter war, denn sie sah auch das erfrischende Lachen des Kindes und ihre Lebendigkeit. Was zählt das bisschen Nachdenklichkeit?

So wurden die beiden erwachsen und nach dem Schulabschluss wird der schlafende Argwohn bezüglich der Brandhubers im Allgemeinen und die Besorgnis über deren Tochter im Besonderen wieder geweckt. Verona sucht sich nicht wie die anderen aus ihrer Klasse eine Lehrstelle, sondern erzählt, dass es auf dem Hof reichlich zu tun gibt und dass sie ihren Eltern dort helfen wird. Von da an wird der Kontakt zwischen den Freundinnen seltener. Erst kommt Verona an den Wochenenden herunter und bleibt über Nacht, dann sind es Kurzbesuche, die nach einigen Monaten ganz aufhören. Man sieht sie regelmäßig, da sie die Einkäufe für ihre Mutter erledigt und sie geht bei dieser Gelegenheit häufig in den kleinen Buchladen. Eigentlich ist es ein Zeitschriftenhandel, in dem man allerlei andere Dinge kaufen kann. Ganz am Ende des schmalen Ladens steht ein Regal mit Büchern. Herr Mahlich, der Inhaber, erzählt begeistert: „Das Mädchen hat einen ungewöhnlichen Drang zu guter Literatur. Etwas, wofür den jungen Leuten bedauerlicherweise jeglicher Sinn fehlt." Aus dem Mädchen ist natürlich inzwischen eine junge Frau geworden. Wie ihre Eltern sucht sie nicht den Kontakt zu den Leuten, aber sie behält ihr freundliches und hilfsbereites Wesen, sodass die Zeit die Gewohnheit bringt und die Gewohnheit mit Hilfe der Zeit bald alle Einwände vergessen lässt.

~Der Unfall~

Dann geschieht etwas, das die Sorge um das Mädchen wieder schlagartig anwachsen lässt. Veronas Eltern sind mit dem alten VW-Bus auf dem Weg ins Tal. Aus anfangs ungeklärten Gründen schießt das Auto über eine Kurve hinaus und stürzt einen steilen Abhang hinunter. Den ohrenbetäubenden Knall hört man bis weit ins Tal hinein. Obwohl umgehend ein Arzt zur Stelle ist, kommt jede Hilfe zu spät. Beide sind sofort tot. Im Nachhinein wird festgestellt, dass die Bremsleitungen an dem alten Wagen undicht waren und die Bremsen ihren Dienst versagt haben.

Verona bittet den Pfarrer, alles für die Beerdigung zu erledigen, sie selbst erscheint zu der Feierlichkeit nicht. Zu ihren regelmäßigen Einkäufen kommt sie nicht mehr.

Sie verkriecht sich wochenlang auf dem Hof. Nicht dass sie für ihr restliches Leben schon den perfekten Plan in der Tasche hatte, darüber hat sie sich nie Gedanken gemacht. Aber dass sie von einem Tag auf den anderen völlig allein ist, das war undenkbar und ist nun Realität. Wochen nach dem Unfall ist sie noch nicht zu dem Gedanken vorgedrungen, wie es weiter gehen soll. Ihre Welt dreht sich nicht mehr. Wie ein Rad, in dessen Speichen eine dicke Holzbohle klemmt. Und sie ist mit ihrer Welt erstarrt. Versorgt das Vieh mechanisch, isst und bewegt sich mechanisch, atmet mechanisch. Ein Geist in einer Geisterwelt. Manchmal, wenn sie morgens aufwacht und ihre Eltern sucht, ist sie sicher, dass sie im Stall sind, doch dort steht nur das Vieh. Ihr fragendes „Papa?" ist sehr, sehr leise und schon halb verschluckt, denn im selben Augenblick ist ihr klar, dass sie keine Antwort bekommen wird. Dann steht sie minutenlang in dieser Leere um und in ihr und ist sich sicher, dass sich gleich ein Schlund auftun wird, um sie zu verschlingen, denn ein anderes Ende oder ein Weiterleben kann sie sich nicht vorstellen. Nur das geschieht nicht und so setzt sie ihren mechanischen Alltag fort.

Theresa fährt häufig hinauf, um ihrer Freundin zur Seite zu stehen. Doch außer einem gemeinsamen Schweigen kann sie keinen Trost spenden. So viele Worte wechselten sie früher, nun würde ihr ein einziges schon lächerlich vorkommen. Niemals sah sie ihre Freundin eine Träne weinen, heute sollte es das erste Mal sein. Sie ist gleich nach dem Mittagessen hinaufgefahren, weil sie selbst schon trübsinnig wurde beim Anblick der dunkelgrauen Wolken, die so dick sind, als ob sie verbergen wollen, dass der Himmel darüber ab sofort verschwunden ist. An so einem Tag will sie Verona nicht allein lassen.

Die beiden sitzen, wie so oft in den letzten Wochen, auf dem Sofa im Wohnzimmer, jede in einer Ecke und schweigen zum unermüdlichen Ticken der Uhr. Draußen beginnt es zu dämmern oder vielleicht sind die Wolken nur dichter geworden. Wie so oft sitzen sie weiter schweigend im Dunkeln. An den anderen Abenden hat sich Theresa entweder von ihrer Freundin mit einem leichten Kuss auf die Stirn verabschiedet oder die Kerze auf dem Tisch angezündet und die Gläser wieder gefüllt. Dieses Mal kommt ihr Verona zuvor. Heute zündet *sie* die Kerze an. Die Flamme färbt einen Teil des Sofas, das die Dämmerung inzwischen braun gebeizt hat, blitzartig rostig orange. Veronas Gesicht flackert bleich darüber. Sie bläst das Zündholz aus und starrt weiterhin auf die Kerze, als ob sie erwarten würde, dass die Flamme gleich wieder verlöscht. Das Feuer bannt ihre Augen, sie sind daran festgebunden wie ein Hund an einer Leine. Ihr Kopf zuckt im letzten Widerstand, dann gibt sie nach und kniet sich zwischen Sofa und Tisch eingekeilt auf den Boden, starrt weiter in die Flamme. Minuten vergehen. „*Ich* hätte in dem Auto sitzen müssen. Das Einkaufen war *meine* Aufgabe. Mama hat am Abend davor gesagt, dass sie morgen hinunter möchte. Sie will wieder einmal etwas anderes sehen als den Hof. Sie war so euphorisch, wie wenn sie eine große Reise machen würde und da hat Papa gesagt, dass er mitkommen wird. Ich freute mich so. Im selben Augenblick überlegte ich, ob ich ihr die Aufgabe wieder übertragen soll oder ob wir ab sofort zusammen fahren, wie früher, als ich klein war. Mama hat sich, seit ich die Schule beendet habe, nur noch hier aufgehalten. Vielleicht ist sie gerne hinunter gefahren und hat es mir überlassen, damit ich den Kontakt zu den Leuten nicht verliere. Als sie losfuhren, war ich so glücklich. Ich stellte mir vor, dass sich die beiden ein paar schöne Stunden machen, vielleicht sogar bis nach Meinbach weiterfahren oder sonst irgendwohin. Wir waren nie im Urlaub. Voller Tatendrang habe ich einen gründlichen Hausputz begonnen. Jede Ecke sollte sauber, alles gemütlich sein, wenn sie zurückkommen. Zwischendurch schob ich einen Kuchen in den Ofen. Hefekuchen mit viel Butter und Zimtzucker, den mochten wir alle.

Darum machte ich mir keine Gedanken, als sie am Nachmittag noch nicht zurück waren. Dann sah ich den Polizeiwagen die Straße heraufkommen. Ich fing schrecklich zu zittern an. Deine Mutter war dabei mit verheultem Gesicht. Noch ehe die Polizisten aus dem Auto gestiegen sind, wusste ich, dass etwas ganz Schlimmes geschehen ist, dass ich meine Eltern nie wieder sehen würde und dass ich schuld daran bin. Das Einkaufen war doch meine Aufgabe." Theresa weiß nicht, wie sie Verona erklären soll, dass es nicht ihre Schuld ist. Sie will nicht diese Geschichte mit den Schicksalsmächten erzählen, die würde sie selbst nicht hören wollen und sie will auch nicht in die Situation kommen, das Warum begründen zu müssen, denn darauf hätte sie schon gar keine Antwort. So sieht sie ihre Freundin nur stumm an, schüttelt kurz den Kopf, rückt zu ihr hinüber, legt die Arme um sie und ihre Stirn an die ihre. Beide fangen an zu weinen.

Es ist, als ob ein Damm in Verona gebrochen ist. Plötzlich spürt sie, dass da noch Luft zum Atmen ist, dass das Essen Geschmack hat, und dass es Geräusche um sie herum gibt. Sie geht manchmal wieder ins Dorf, allerdings ist sie distanziert und wortkarg. Die Dorfbewohner finden, dass sie ihrer verstorbenen Mutter erschreckend ähnlich ist. Die unauffälligen Bögen um ihre Mitmenschen werden auffälliger, beabsichtigter. Nun geht die Distanz von ihr aus, die der anderen nimmt ab. Jeder hätte sie gerne mit offenen Armen aufgenommen. Man ist zwar erleichtert, dass sie sich wieder zeigt, aber gleichzeitig beobachtet man bestürzt, wie sie zurückweicht, sobald ihr jemand zu nahe kommt.

Auch wenn Verona selten hinunter geht, immer besucht sie das Geschäft von Herrn Mahlich und kauft ein Buch. Fast umspielt ihre Lippen dann ein Lächeln. Besonders an dem Tag, an dem es während ihres Aufenthalts im Laden stark zu regnen beginnt. Sie kommt aus der Tür, blickt hinauf zur grauen Wolkendecke, zwinkert, wenn ein Tropfen hineinfällt und schiebt ihr Buch tief in den Rucksack. Sie tritt auf die Straße, bleibt für Sekunden mit geschlossenen Augen im Regen stehen und marschiert dann mit energischen Schritten zum Ort hinaus. „Wie das kleine Mädchen, das sie vor Kurzem noch war", sagt Herr Mahlich laut, obwohl er allein im Laden ist und sieht ihr durch das Schaufenster nach. Der Regen trommelt gegen die Scheibe. Herr Mahlich war nie verheiratet, hat keine Kinder, aber in diesem Augenblick wünscht er sich, Verona wäre seine Tochter. Längst berücksichtigt er bei seinem kleinen Bestand literarischer Werke die Vorlieben des Mädchens, ist sie doch eine seiner treuesten Kundinnen. Eigentlich hätte er diese Bücherecke aufgeben müssen. Sie hat sich nie gelohnt, es ist nur seine Leidenschaft. In seinen jungen Jahren träumte er von einem Buchladen, aber dann hätte er von hier weggehen müssen und dazu konnte er sich nie überwinden. Verona ist der Grund, diesen Traum im Kleinen wieder aufleben zu lassen und mit besonderem Ehrgeiz weiterzuführen. Er unterhält sich nie mit dem Mädchen über die Bücher, die sie kauft. Er beobachtet sie schweigend und merkt sich, bei welchem sie länger verweilt und welches sie sofort wieder wegstellt. Dies ist ihm genug für die Auswahl seines

Sortiments. Er mag diese Verständigung ohne viele Worte.

Wie als kleines Mädchen legt Verona den Weg zwischen Hof und Dorf zu Fuß zurück. Sie hat sich niemals wieder ein Auto gekauft und man gewöhnt sich an den Anblick der jungen Frau mit dem alten, großen, dunkelgrünen Rucksack.

Die Flut, die Veronas Lebensfluss aus seinem Bett gerissen hat, ebbt wieder ab. Lange hat sie sich darauf beschränkt, nur das Allernötigste zu tun und die restliche Zeit ruderte sie, damit sie an der Wasseroberfläche blieb. Nun hat sie das Gefühl, der Fluss ist völlig zum Stehen, alles in ihr zur Ruhe gekommen. Es ist stiller als je zuvor und darum kann sie aufatmen. Sie sitzt oft stundenlang unbeweglich auf dem Sofa. Das tat sie auch in den letzten Monaten und doch hat sich etwas verändert. Vorher versuchte sie sich nicht zu bewegen oder gar etwas zu denken, dass die Flut um sie herum weiter ansteigen hätte lassen. Nun ist die Stille außen und in ihrem Kopf beginnt sich leise etwas zu regen. Bisher hatte sie das Gefühl, dass ihr Innerstes mit den Eltern in den Abgrund gestürzt war, nun spürt sie wieder Leben dort drinnen. Sie sitzt nicht mehr unbeweglich da, weil sie keine Wirbeln erzeugen will, sondern weil sie diesem leisen Regen in ihr lauscht. Viele ihrer täglichen Arbeiten sind seit Langem Routine. Der Kopf bleibt frei dabei und die Gedanken bewegen sich auf eigenen Bahnen. Auf diesen Bahnen formen sich nun die Wünsche und Vorstellungen für ihren weiteren Weg hinaus ins Leben, ohne wirklich hinaus zu wollen. Hier ist ihr Zuhause und nirgendwo anders will sie sein. Das Leben soll zu ihr kommen. Sie wird es zu sich hereinholen. Bisher hat sie alles so fortgesetzt, wie es war. Wie eine unveränderte Kameraeinstellung vom Tag, als ihre Eltern gegangen sind. Der Weg ihrer Eltern war gut, aber ihr ist klar, dass sie nicht für den Rest ihres Lebens stehen bleiben kann, wo der endete. Sie wird ihn weiter gehen und sich nicht immer die Frage stellen, ob dies auch ihre Eltern so getan hätten. Schließlich haben sie ihr viel beigebracht, genügend, um eigene Entscheidungen zu treffen. Ihre Welt ist nicht groß und niemanden wird es stören, vermutlich fällt es gar nicht auf, wenn sie die gewohnten Wege verlässt, auch wenn sie in einer Sackgasse landet. Dieser Hof ist ihr Zuhause und auch jetzt oder gerade jetzt ein Ort der Sicherheit. Ein Ort, an dem niemals etwas geschehen wird, was sie nicht will. Ein Ort zum Aufatmen, zum Luftholen. Ein Ort, der immer da ist, zu dem sie ratlos, hilflos, traurig zurückkehren kann. Wo sie sich unter der Bettdecke ausheulen kann und danach wieder aufgeladen ist, mit neuer Energie und neuer Hoffnung, um weiter zu wandern auf ihrem Weg. Ihrem neuen Weg, der sich bei jedem Schritt unter ihren Füßen formt.

Anfangs sind es nur kleine Veränderungen und trotz ihres Vorsatzes fragt sie jedes Mal ihren Vater oder ihre Mutter, ob das in Ordnung ist. Später wird sie mutiger, probiert aus. Vieles misslingt, aber einiges funktioniert und das macht sie besonders glücklich. Sie erinnert sich, wie sie früher im Winter hinter ihrem Vater durch den hohen Schnee gestapft ist. Sie hat versucht, in seine großen breiten Fußabdrücke zu treten. Aber manchmal mühte sie sich allein durch den unberührten Schnee und betrachtete dann stolz ihre ganz eigene

Spur. Natürlich war das viel anstrengender, doch am Ende des Weges blieben ihr diese Schritte als besondere in Erinnerung.

Veronas eigene Schritte sind nicht weltbewegend, dazu hat ihr Dasein viel zu wenig mit der Welt zu tun. Es sind einfache Dinge in einem einfachen Leben. Veränderte Zutaten bei der Käseherstellung, ihre erste erfolgreiche Reparatur am Stalldach oder die Äpfel zur besseren Haltbarkeit auf Farnblätter zu lagern, wie sie es in einem Buch gelesen hat. Und wann immer sie Zeit hat, wandert sie durch die Berge in der Umgebung. Das hat sie früher nie getan. Sie läuft zu den anderen Berghöfen, unterhält sich mit den Menschen dort, wird von ihnen zur Rast eingeladen und hört sich deren Erfahrungen an. Hier muss sie niemanden erklären, warum sie den Hof nicht aufgeben kann, dass es nicht nur ein Haus ist, das sich beliebig ersetzen lässt. Auf all den Anwesen leben die Familien seit ewigen Zeiten. Es sind bestimmt nicht die Erinnerungen aus diesen Generationen, an denen sie hängen, denn Verona weiß nichts über ihren Großvater und auf den anderen Höfen ist auch nie Bemerkenswertes geschehen. Es ist etwas, dass sich kaum in Worte fassen lässt. Natürlich ist es Heim und zu Hause, aber es ist auch wie ein Kind oder ein Hund, den man aus einem Tierheim geholt hat, um die Verantwortung dafür zu übernehmen und eines Tages stellt man fest, dass das gleiche Blut durch alles fließt, dass es nur ein Herz gibt, das alles zusammen versorgt und würde man ein Stück aus dem Ganzen entnehmen, wäre es fraglich, ob der Rest noch funktionieren würde.

Sie will zwar auf ihrem Hof am liebsten alles allein machen, aber wenn bei manchen Arbeiten zwei Hände zu wenig sind oder sie Material für Reparaturen aus dem nächsten Baumarkt benötigt, erlaubt sie sich, bei den Nachbarn um Hilfe zu fragen. Sie muss nie lange bitten. Man hat die junge Frau in die Gemeinschaft aufgenommen. Und es gibt eine Gemeinschaft, auch wenn es durch die weiten Entfernungen so scheint, als ob jeder für sich kämpft.

Am liebsten geht Verona zu einem Hof, der auf der anderen Seite ihres Berges liegt. Dazu muss sie über einen Sattel und weiter am Berg entlang, fast bis ans Ende des Nachbartals. Sie entdeckte ihn zufällig, als sie bei einer Wanderung versuchte, heimzukommen und zwischen den Bäumen die Orientierung verlor. Plötzlich stand sie vor einem Haus, mitten im Wald. Ein alter Mann saß vor der Tür und sie fragte ihn, wo sie sei und erzählte, wer sie ist. Er überlegte. Verona glaubte, er wäre schon lange nicht mehr von dem Hof fortgekommen und würde sich nun verzweifelt zu erinnern versuchen, wie man von hier irgendwohin kommen kann. Doch plötzlich fing er zu erzählen an, von ihrem Großvater, dem alten Brandhuber, dass er ihn immer auf dem großen Viehmarkt, der jeden Herbst am Ende des Tals stattfindet, getroffen hat. Einmal war er auch zum Brandhuberhof hinüber gegangen, quer durch den Wald, direkt über die Kuppe hinter dem Haus. Ihre Großmutter sei eine prächtige Frau gewesen, erzählte er, blickte sinnierend nach oben und dann versagte anscheinend sein Erinnerungsvermögen. Verona blieb neben ihm sitzen und sie starrten zusammen in den blassblauen Himmel. Ihr Vater hat nie von ihrem Opa erzählt, aber von da an stellte sie sich ihn vor wie diesen Bauern. Die nächste Generation hat längst den Hof übernommen und der alte Mann saß auf seiner Bank und betrachtete den Himmel. Er wusste jede Wetterveränderung im Voraus und sie fragte sich, ob er wenigstens nachts ins Haus ging oder ob er immer hier draußen saß. Sie traf ihn zumindest nie wo anders an. Seine krummen Finger umklammerten eine Pfeife, aber sie sah ihn nie rauchen. Er trug eine dicke Strickjacke, die an den Ellenbogen und Taschen unzählige Male repariert worden war. Auf seinem Kopf saß ein alter Filzhut, den er nachdenklich aus der Stirn schob, wenn er versuchte, sich zu erinnern. Meistens zog er ihn nach einigen Minuten zurück und hatte längst vergessen, an was er sich erinnern wollte. Verona musste dann lächeln und der Alte lächelte zurück, weil er glaubte, sie hätte an etwas Schönes gedacht. Sein Lächeln war zwischen den unzähligen tiefen Falten im Gesicht nur zu erahnen. Die junge Bäuerin beobachtete die beiden, wenn sie bei ihrer Arbeit am Fenster vorbeikam oder durch die offene Stalltür und schüttelte verwundert den Kopf. Eigentlich wechselten der alte Mann und das Mädchen nicht viele Worte, aber beide hätten geschworen, sie täten es in einem fort. Sie sahen sich nicht oft. Verona kam ein oder zwei Mal im Monat in diesen entlegenen Winkel, aber der alte Mann erkannte sie jedes Mal sofort, wenn sie aus dem Wald herauskam und winkte ihr zu. Einmal brachte sie ihm eine neue Jacke, die sie aus einer spontanen Eingebung heraus selbst gestrickt hatte. Sie vermutete, er würde zu sehr an seiner alten hängen und ihr Geschenk höflich lächelnd beiseitelegen, aber er zog sie sofort aus. Verona half ihm dabei, da er sich nur noch mühevoll bewegen konnte. Er probierte die Neue und behielt sie an, obwohl die Ärmel zu kurz waren und sie Wolle mitgebracht hatte, sie hätte es abändern können. Er blieb stur und behauptete, dass er es genau so wollte. Sie sah den Bauern noch zwei Mal mit der neuen Jacke, dem alten Hut und der Pfeife auf seiner Bank sitzen, dann blieb die Bank für immer leer.

Die Tür zum Wohnhaus des Hofs ist wie immer unverschlossen. Als Theresa an diesem Tag das Haus betritt, steht Verona am Wohnzimmerfenster und starrt in den undurchdringlichen Nebel. Sie wartet lange schweigend im Türrahmen, als Verona leise zu reden anfängt, mehr zu sich selbst. Ihre Freundin scheint sie nicht wahrzunehmen. „Ich stelle mir den Tod als etwas sehr Schönes vor. Man darf diesen Augenblick nur nicht vor lauter Angst verpassen. Ich stelle es mir vor wie bei einem Stern, der Jahrtausende lang halt Stern war und sich in seinen letzten Stunden furchtbar aufbläht, um in einem prächtigen Feuerwerk zu zerbersten. Sein ganzes Leben hat er sich bemüht, mit den anderen mit zu funkeln, aber in diesem einen Augenblick ist er der hellste und schönste im ganzen Universum. Ein letzter Akt, in dem er alles je Erlebte noch einmal erlebt, aber dieses Mal schöner, schneller, farbiger, um dann für immer aus dem Dasein zu verschwinden. Und so wie die Wissenschaftler behaupten, dass man später beim Passieren dieser Stelle messen könnte, dass da einmal ein Stern war, so kann man sicherlich, wenn man empfindsam genug ist, spüren, dass da einmal ein Mensch war, aber für den Verstorbenen ist es vorbei. Doch dieses letzte Aufleuchten ist der krönende Abschluss eines ganzen Lebens und dann kommt eine lange Ewigkeit nichts. Manchmal schaffe ich es in stillen Momenten einfach so dazusitzen und plötzlich höre ich auf zu denken. Keine Sorgen, keine Pläne, was ich morgen alles zu erledigen habe, einfach Leere, einfach Nichts. Für einen kurzen Augenblick ist absolute Ruhe. So stelle ich mir das vor, was nach dem Tod kommt. Ist das nicht eine sehr beruhigende Vorstellung? Oder es ist wie bei einem Tropfen, der von der sicheren Wolke abgeworfen, seinen langen Weg in die Tiefe antritt, sich fürchtet, weil er nicht weiß, was mit ihm geschehen wird. Vielleicht ist er aber auch abenteuerlustig und freut sich auf das Ungewisse. Das Leben ist wie der lange Fall eines Tropfens und es wird Glückspilze geben, die sofort in einen Fluss oder im Meer landen und andere müssen einen Weg durch die Kanalisation oder das Erdreich finden, um ins Grundwasser zu gelangen. Aber irgendwann sind sie alle im großen Ozean und war der Fall und der Weg noch so abenteuerlich, erfolgreich, traurig oder beschwerlich, dort werden sie sich richtig wohlfühlen. Wenn du dich als Tropfen auflöst, wenn du aufhörst, einzeln zu sein und nur Wasser, nur Ganzes bist, dann bist du endlich zu Hause." Theresa steht unbeweglich da und fixiert den Rücken ihrer Freundin. Die hat die ganze Zeit hinaus in den Nebel gestarrt. Theresa weiß nicht, was sie sagen soll, denn sie findet die Vorstellung alles andere als beruhigend. Ganz im Gegenteil, sie ist entsetzt von dem Gehörten, von Veronas sonderbarer Stimmung, der ganzen unwirklichen Atmosphäre. Ihre Freundin erwartet anscheinend auch keine Antwort. Vielleicht hat sie sie gar nicht bemerkt und zu sich selbst gesprochen. Theresa ist die Situation unheimlich und so schleicht sie sich leise wieder hinaus. Sie geht rasch zu ihrem Auto, nein, sie rennt. Auf der Rückfahrt laufen ihr dicke Tränen über die Wangen. Glücklicherweise sind ihre Eltern an diesem Nachmittag bei Bekannten und sie muss die frühe Rückkehr niemanden erklären. Vor ihrem nächsten Besuch hat sie sich einige Erklärungen zurechtgelegt, aber sie findet sie alle ziemlich unglaubwürdig. Kurz vor der Eingangstür entschließt sie sich, einfach die Wahrheit zu sagen, dass sie Angst bekommen hat, aber Verona empfängt sie in so heiterer Stimmung, dass sie es nicht erwähnt. Vielleicht hatte sie ihre Anwesenheit doch nicht bemerkt.

Wenn Verona so gut gelaunt ist, kann niemand lange traurig sein. Sie wirkt unschuldig und naiv wie ein Kind, das nie etwas Schlimmes erlebt hat und man würde sie am liebsten in den Arm nehmen, aber sie wirbelt so durch den Raum, dass man kaum hinter ihr herkommt und sich bald dazu entschließt, sich einfach hinzusetzen, sie zu beobachten und so an diesem wirbelnden Glück teilzuhaben. Verona schafft es in solchen Momenten jede schlechte Stimmung in ihrer Umgebung in pure Freude zu verwandeln und vermutlich ahnt sie in ihrer Unschuld überhaupt nichts von dieser beeindruckenden Fähigkeit. Sie jongliert mit schwindelerregender Leichtigkeit mit all ihren Möglichkeiten - Gestik, Mimik, Sprache. Umsorgt ihre Besucher rührend, liest ihnen jeden Wunsch von den Augen ab, entlockt ihnen jede noch so kleine Sorge und verwandelt sie im selben Augenblick ins pure Gegenteil. Theresa erinnert sich an so manche ungünstige Situation, in der ihre Freundin doch etwas fand, was sie schon immer genau so haben wollte. Und ebenso kann sie jemand anderen überzeugen, dass etwas absolut richtig ist und nur im Augenblick schlecht erscheint. Sie kam einmal herauf, als Verona im Stall ein Regal zimmerte. Ihr erster Versuch, wie sie stolz sagte und alles ist so gelungen, wie es sein sollte. „Nun muss es zusammengeleimt werden." Theresa ist handwerklich überhaupt nicht begabt und konnte nur helfen, die Teile zum Verleimen in der richtigen Position zu halten. Als der Leim angetrocknet war, stellte Verona stolz ihr Werk vor sich auf die Hobelbank und stutzte, drehte es herum und herum, dann hörte Theresa ihr gezischtes „Scheiße, falsch verleimt." Nun schaute auch sie genauer hin und erkannte, dass es schräg war. „Ich habe die Seitenteile falsch zusammengeleimt und nun ist es zu spät" erklärte ihr ihre Freundin und fixierte mit Blicken einige Minuten schweigend das missratene Regal, als ob sie es damit geradebiegen könnte, ging dann hinüber ins Haus und machte Kaffee, wie wenn nichts geschehen wäre. Auch Theresa vergaß es schnell. Als sie das nächste Mal hinaufkam, zeigte Verona ihr zufrieden das Regal, das unter der Treppe zum Obergeschoß stand. Der Boden ist dort aus unerklärlichen Gründen zur Ecke hin ansteigend. Nicht mit Absicht könnte man ein Regal bauen, das sich so perfekt einpasst. „Ich wollte es gleich neben die Eingangstür stellen, aber meine schmutzigen Schuhe wären dort vorne ohnehin nicht besonders dekorativ gewesen. Hier sind sie besser aufgehoben und der Schmutz, der sich innerhalb kürzester Zeit rund herum auf dem Boden sammelt, fällt im Schatten der Treppe kaum auf."

Theresa grinst bei dieser Erinnerung. Verona sieht sie fragend an. „Was ist?" - „Nichts. Gar nichts. Ich freue mich über deine gute Laune." Tagelang hat sie sich den Kopf zerbrochen, wie sie ihre Freundin aufmuntern kann, und nun ist sie selbst so erfrischt wie nach einem Bad in einem kühlen Bergbach an einem heißen Sommertag. Wie klares Wasser sprudelt Verona den ganzen Abend um sie herum und spült alle Sorgen weg. Auf der Fahrt ins Tal trällert sie lautstark irgendeine bekannte klassische Melodie. Sie weiß nicht einmal, was es ist. Immer wieder dieselben Takte. Verona wüsste bestimmt, was sie da singt.

Ein Jahr nach dem Unglück wird Verona wieder kommunikativer. Eine Gelegenheit, die einige Leute aus dem Dorf nützen, sie zu überreden, ins Tal zu ziehen. Es sei noch nicht zu spät, eine Ausbildung anzufangen und sich eine Wohnung zu nehmen. Doch sie lehnt ab. Theresa, die Einzige, die regelmäßig hinaufkommt, betont jedes Mal, wenn sie darüber ausgefragt wird, dass ihre Freundin durchaus in der Lage ist, den Hof allein zu bewirtschaften, und dass sie nicht den Eindruck hat, das Anwesen würde verwahrlosen.

Theresas Eltern bestätigen dies, nachdem sie Verona zum Kaffee eingeladen hat. Diese Einladung an das Ehepaar Müller ist eine der wenigen Gelegenheiten, wenn nicht sogar die einzige seit Generationen, zu der Fremde das Haus betreten durften. Herr Müller verhält sich sehr zurückhaltend, seine Frau verfällt in überschwängliche Begeisterungsbekundungen. „Kind, das ist ja entzückend, ich dachte, du lebst in den seit Jahrhunderten verrauchten, dunklen Stuben, aber mit den bunten Vorhängen und Teppichen .... Schön dieses Orange und Sonnengelb und das helle Holz der Möbel.

Das sieht alles so erfrischend aus. Das hätte ich deiner Mutter nicht zugetraut." Es trifft sie der strafende Blick ihres Mannes. „Ist doch schön, Walter, oder?" fügt sie leise und etwas unsicher hinzu, aber schon Sekunden später schwärmt sie ungebremst weiter. „Man merkt, dass deine Eltern lange in der Stadt gelebt haben. Walter, was meinst du? Bei uns würde so eine rostbraune Wandfarbe auch gut aussehen. In dem kleinen Zimmer ganz hinten. Ist einmal etwas anderes als immer nur Weiß. Darf ich mich oben ein bisschen umsehen?" - „Elfriede!" kommt der mahnende Einwand ihres Mannes. Verona überlegt kurz, ob sie aufgeräumt hat. „Na klar." Sie lächelt der rundlichen, blonden Frau hinterher. Herr Müller schüttelt den Kopf, sieht sich aber auch vorsichtig in den unteren Räumen um, während seine Tochter in der Küche hilft. Immer wieder ruft Frau Müller irgendetwas aus, aber sie erwartet wohl keine Antwort oder Reaktion von den anderen. Später beim Kaffeetrinken schwärmt sie weiter von dem wunderschön hergerichteten Haus, als hätten es die anderen nicht gesehen. Einmal versucht Theresa den Redeschwall zu unterbrechen, gibt aber resigniert und leicht verstimmt auf. Verona empfindet es in ihrem sonst so stillen Haus als angenehme Abwechslung. Sie genießt die Komplimente über Kuchen, Kaffee, Haus und Garten und das fast vergessene Gefühl von Familie, das sie in dieser Form allerdings nie kannte. Ihre ernste und nachdenkliche Mutter und das kameradschaftliche Verhältnis zu ihrem Vater hatten wenig von einem traditionellen Familienleben. Früher, wenn sie bei Theresa übernachtete, hat sie es erlebt und belächelt. Die bestimmende Mutter, eine mit zunehmendem Alter gereiztere Tochter und der

Vater, der ein Machtwort sprach, wenn es unbedingt sein musste, aber sich viel lieber aus allem heraushielt. Inzwischen ist es Theresa, die hier übernachtet, wenn ihr zu Hause alles zu viel wird. Als sich Frau Müllers Begeisterung gelegt hat und eine Pause entsteht, meldet sich ihr Mann zu Wort: „Wenn du Hilfe brauchst, Mädchen, dann sag es bitte. Ich komme gerne. Kannst du denn von dem Ertrag des Hofs leben?" - „Natürlich. Bisher reichte es für drei und ich habe festgestellt, dass meine Eltern regelmäßig Geld beiseitegelegt haben. Für mich allein ist es auf jeden Fall genug, die Arbeit macht Spaß und ich bin kräftig genug, um sie zu schaffen. Aber danke für das Angebot. Vielleicht komme ich darauf zurück."

Frau Müller verbreitet ihre Begeisterung natürlich in der Gemeinde, doch dieses Mal beruhigen sich die Leute nicht mehr so leicht. Es ist nicht normal, wenn ein junges Mädchen allein und abseits jeglicher Zivilisation lebt. Sie wird bei ihren Besuchen im Ort beobachtet, nicht misstrauisch, sondern besorgt. Niemand spricht sie darauf an. Sieht sie blass aus, werden die Müllers nach den Gründen befragt. Trägt sie einen Verband am Handgelenk, werden die Müllers befragt. Ein ganzes Dorf wäre bereit gewesen, die elterlichen Pflichten zu übernehmen, wie bei einem Kind, das man liebt, trotz oder gerade wegen seiner Absonderlichkeit. Ein Kind, das man von der Außenwelt abschirmen würde, abschirmen müsste, um es zu beschützen. Hätte man eine Umfrage gestartet, hätte kaum jemand die junge Frau für allein überlebensfähig gehalten, obwohl sie genau dies jeden Tag aufs Neue beweist. Sie findet gerade ihren eigenen Weg und wird mit jedem Schritt selbstständiger, unabhängiger und widerstandsfähiger, als es je ein anderer in der engen, kleinen Gemeinde werden könnte. Nichtsdestotrotz hätte eine Andeutung von ihrer Seite genügt und man hätte sich jede erdenkliche Mühe gegeben, um das Mädchen auf den gewohnten und richtigen Pfad zurückzuführen, zurück in ein Leben, wie es sich gehört. Aber Verona tut nichts dergleichen. Sie lebt ihr Leben so zurückgezogen, wie ihre Eltern es taten. Sie ist in diesem Jahr erwachsen und selbstbewusst geworden. Höflich hört sie sich alle Einwände an, die ihr pflichtbewusst von Frau Müller übermittelt werden und stellt ihnen ihre eigenen, sehr konkreten Vorstellungen entgegen. Theresa findet diese Einmischungen lächerlich und weigert sich, ihre Freundin damit zu belästigen. Verona ist klar geworden, warum ihre Eltern diesen Hof wieder übernommen haben. Es ist eine beinahe uneingeschränkte Unabhängigkeit, die das Leben dort oben bieten kann. Eine Unabhängigkeit, die sie so nirgendwo finden würde.

Eigentlich hat sie sich vorgenommen, Herrn Müllers Angebot anzunehmen, damit er ihr hilft, das Hausdach auszubessern. Das Stalldach hat sie allein repariert, aber der Stall ist niedriger. Sie steht immer wieder vor dem Wohnhaus, sieht zum Dach hinauf und es kommt ihr bei jedem Mal höher vor. Heute am frühen Morgen zerrt sie die große Leiter aus dem Stall, kaum dass sie sie heben kann, und lehnt sie gegen die Hauswand. Die Mühe war umsonst, sie ist zu kurz. Wie hat ihr Vater das nur gemacht? Als sie ein kleines Mädchen war, hat sie beobachtet, wie er oben auf dem Stall gearbeitet hat. Die große Leiter lehnte an der Dachrinne. Er hat es nicht bemerkt, als sie hinaufstieg. Erst als sie ihm über die Dachkante hinweg stolz entgegen grinste, sah er sie. Er erschrak und schimpfte, sie soll wieder hinunterklettern, aber sie war stehen geblieben. Wie alt war sie gewesen? Bestimmt nicht älter als sechs. Ihr Vater schimpfte weiter und während er auf sie zu gekrochen kam, war sie über die Rinne auf das Dach geklettert. Dann war er bei ihr gewesen und wollte sie zurück auf die Leiter schieben, aber sie war stur sitzen geblieben. „Ich will dir helfen", hat sie gesagt, und da ihrem Vater ein weiteres hin und herschieben auf dem Dach zu gefährlich schien, hat er nachgegeben. Er selbst hatte sich mit einem Seil am Schornstein festgebunden und Verona band er an seinen Gürtel, so durfte sie ihm helfen, hat ihm Werkzeug und Schindeln gereicht und genau beobachtet, wie er alles gemacht hat. Damit war es nicht so schwer, es allein zu schaffen. Aber der Stall ist eben nur halb so hoch wie das Wohnhaus. Sie zerrt die Leiter zurück in den Schuppen, geht ins Haus und beschließt, Herrn Müller Bescheid zu sagen. Eine halbe Stunde später steht sie mit dem Butterbrot vom Frühstück in der Hand und kauend im Speicher und betrachtet die Dachluke. Sie öffnet sie und sieht hinaus. „Ja", nickt sie, „so könnte es funktionieren". Sie holt Werkzeug, Dachschindeln und ein Seil, bindet es sich um die Taille und das andere Ende um einen Stützbalken im Speicher und klettert mit dem Zimmermannsgürtel ihres Vaters, in dem alles steckt, was sie braucht, aus der Luke. Draußen sieht sie über das Tal hinweg und zum Dorf hinunter. „Na bitte", sagt sie und grinst stolz wie damals auf der Leiter. Nach ein paar Schritten bewegt sie sich ebenso sicher wie auf dem Stalldach. Die kaputten Schindeln sind bald ausgewechselt und sie überprüft das Dach auf weitere verwitterte Stellen. Da sieht sie etwas Dunkelgrünes, das zwischen den Schindeln klemmt und im Wind flattert. Sie geht darauf zu und löst es heraus. Es ist ein Stück karierter Wollstoff. Als sie ihn in den Händen hin und her dreht, sieht sie ihre Mutter, wie sie unten an der Treppe steht und ihrem Mann, der oben im Schlafzimmer verschwindet, sein Wollhemd hinauf reicht. „Da ist ein riesiges Loch im Rücken, was hast du gemacht. Wenn du mir das fehlende Stück bringst, kann ich es wieder aufnähen." Sie hat unten gestanden und auf eine Antwort gewartet, doch es kam keine. Endlich waren Vaters Schritte zu hören. Er sah die Treppe hinunter, überlegte kurz und antwortete: „Tut mir leid. Ich weiß nicht, wo das passiert ist. Lass es, es ist nur ein Arbeitshemd. Ich ziehe es auch so an." Dass er es zerrissen anzieht, hätte ihre Mutter weniger gestört, aber dass er nicht gemerkt haben will, wo er hängen geblieben ist, konnte sie nicht begreifen. Sie starrte ihn mit großen Augen ungläubig an. Verona erinnert sich an diesen Blick. Die Frau, die stundenlang in ihre Welt abtauchen konnte, die nicht gemerkt hätte, wenn ein Flugzeug neben ihr abgestürzt wäre, diese Frau wollte nicht akzeptieren, dass ein Stück Stoff unbemerkt aus dem Hemd ihres Mannes verschwunden war. Verona schmunzelt und steckt es in die Tasche. Unten im Haus sucht und findet sie im Schlafzimmerschrank ihrer Eltern das alte Hemd, macht sich sofort daran, das Ersatzstoffstück, das ihre Mutter aufgenäht hatte, abzutrennen und durch das Original zu ersetzen. Anschließend hängt sie das Hemd in ihren eigenen Kleiderschrank.

~Die Stadt~

An einem Freitagnachmittag fährt ein fremdes Auto durch das Dorf, natürlich wird es bemerkt. Es trägt ein Kennzeichen aus der Stadt. Ein junger Mann sitzt am Steuer, den niemand kennt. Er erkundigte sich nach dem Brandhuberhof. Was hat der dort oben zu suchen? Als es Abend wird und das Auto nicht zurückgekommen ist, wächst die Sorge. Es gibt keinen anderen Weg von und zum Hof. Theresas Mutter und ihr Mann sind sich einig, dass sie unbedingt hinauffahren müssen, um nach dem Rechten zu sehen, um dem Mädchen wenn nötig, beizustehen. Theresa findet, dass sie sich zu sehr in Veronas private Dinge einmischen, sie ist allerdings auch beunruhigt. Sie weiß nicht alles über ihre Freundin, aber wenn es da einen Mann geben würde, hätte sie es bemerkt.

Als das Ehepaar Müller oben ankommt, steht das Auto vor dem Haus. Innen brennt Licht, man sieht Verona und den jungen Mann am Tisch sitzen und sich unterhalten. Die Müllers werden unsicher, ob sie hineingehen sollen, denn ihr Schützling macht nicht den Eindruck, als ob er sich belästigt fühlt. Ganz im Gegenteil, die beiden führen ein angeregtes Gespräch in entspannter Heiterkeit. Herr Müller will umdrehen, es ist ihm unangenehm, immerhin ist das Mädchen erwachsen und kann tun und lassen, was sie will. Seine Frau redet auf ihn ein, sie können sich nun nicht davonschleichen, sonst würde es nach spionieren aussehen. Sie waren ernsthaft besorgt und das können sie ohne

Bedenken zeigen. Sie klopft an die Tür, ohne die Zustimmung ihres Mannes abzuwarten. Es dauert nur einen Augenblick und Verona öffnet ihnen mit einem Lächeln, das sie lange nicht an ihr sahen. „Guten Abend Frau Müller, Herr Müller. Was ist denn heute los? So viel Besuch bekomme ich sonst in einem ganzen Jahr nicht. Was verschafft mir die Ehre?" - „Du musst entschuldigen, wir wollten wirklich nicht neugierig sein, aber wenn ein fremdes Auto hier hinauffährt, fällt das auf. Ich und Walter machten uns ernsthaft Sorgen und wir wollten nachsehen, ob alles in Ordnung ist." Verona lacht. „Das ist lieb, aber es gibt keinen Grund zur Sorge. Es ist Tobias, mein Cousin. Wir haben uns seit Jahren nicht mehr gesehen. Und heute hatte er in der Nähe zu tun und besuchte mich spontan. Ist das nicht nett? Kommen Sie herein, ich stelle euch einander vor." Die beiden folgen ihr ins Wohnzimmer. „Nun. Das sind Herr und Frau Müller, die Eltern meiner besten Freundin und das ist Tobias Pächter, der Sohn der Schwester meiner Mutter." Frau Müller lächelt verlegen. „Entschuldigen Sie bitte, Herr Pächter, dass wir hereinplatzen. Aber das Mädchen ist wie eine Tochter für uns. Sie lebt so abgeschieden, dass wir uns Sorgen machten, als ein fremder Wagen hinauffuhr. Wir wollen euch nicht weiter stören. Wir fahren wieder." Verlegen sieht sie sich nach ihrem Mann um. Tobias kommt ihr zu Hilfe. „Schön zu hören, dass Verona nicht allein ist. Von ihrer Verwandtschaft kam nach diesem Unglück nicht viel Unterstützung. Irgendwann in unserer Kindheit gab es einen Vorfall, über den keiner spricht und seitdem wurde jeglicher Kontakt zwischen unseren Familien abgebrochen. Ich bin zufällig durch die Gegend gefahren und mir fiel ein, dass hier irgendwo der Hof sein müsste, auf den Tante Rosalinde gezogen ist und dass da nun meine Cousine allein lebt. Ich dachte mir, vorbei schauen kann ich ja einmal, hinauswerfen kann sie mich immer noch. Aber wir beide hatten niemals Streit und als Kinder sahen wir uns öfter, wenn sie mit ihren Eltern in die Stadt kam."

Veronas Cousin bleibt das ganze Wochenende. Als sie am Samstag zum Einkaufen herunterkommen, weiß jeder schon über den jungen Mann Bescheid.

Stundenlang tauschen die beiden Erfahrungen über ihre sehr unterschiedlichen Leben aus. Tobias will mit Verona bei Tagesanbruch aufstehen, obwohl er zugibt, dass ihn zu Hause niemand zu diesem Wahnsinn treiben könnte. Aber er sieht ein, dass auch am Wochenende die Tiere versorgt werden wollen und sich dazu nicht bis Mittag gedulden. Sie unterhielten sich am Abend noch lange und waren erst weit nach Mitternacht ins Bett gekommen. Verona versucht am Morgen leise zu sein, aber Tobias steht beim ersten Knarren der Dielen im Flur mit einem völlig verschlafenen Blick aus verschwollenen Augen. Vermutlich will er sagen: „Ich komme schon", aber es wird nur ein gebrummtes „Hm" daraus. Fünf Minuten später geht er neben Verona zum Stall. „Das sind völlig unchristliche Zeiten. Kannst du das deinen Kühen nicht erklären, wenigstens am Wochenende?" Verona lacht. „Die Kühe würden sich vielleicht auf den Handel einlassen, aber versuche einem selbstherrlichen Hahn beizubringen, nicht mitten in der Nacht zu krähen." - „Hat der gekräht? Habe ich nicht gehört. War bestimmt nur leise. Guter Hahn." Sie grinst ihn an. Er hat ihr gestern in den schillerndsten Farben in seiner fröhlichen Art das Leben in der Stadt geschildert und sie konnte die ganze Nacht nicht schlafen, denn vor ihren Augen zogen fantastische Bilder vorbei von dieser lebendigen und pulsierenden Welt, die ihr absolut fremd ist. Tobias fährt erst am späten Sonntagabend zurück.

Wer Veronas Lebensrhythmus kennt, kann in den nächsten zwei Wochen feststellen, dass er sich merklich beschleunigt und sie häufiger auf den umliegenden Höfen anzutreffen ist. Sie besteigt mehrmals den Bus nach Meinbach und wäre ihr jemand gefolgt, hätte er sie dort in Boutiquen verschwinden sehen. Sogar Theresa ist überrascht, als Verona ihr und ihren Eltern mitteilt, dass sie für ein paar Wochen in die Stadt fahren wird. Tobias hat sie eingeladen. Es kommt für alle sehr plötzlich. Im Dorf laufen die Dinge normalerweise langsamer ab. Keiner weiß, warum und wieso und Verona neigte bisher nie zu solch überstürzten Aktionen. Sie gibt auch keinen genauen Zeitpunkt für ihre Rückkehr an. Der Bauer, der sich bereit erklärt hat, ihre Tiere aufzunehmen, äußert sich mit typisch bäuerlicher Ruhe. „Die paar Viecher machen a net mehr Mist. Lasst des Mädl a mal fort. Sie is jung, die muss amal was erleben. Der Hof rennt ihr net weg."

Die Wiesen sind gemäht, das Heu eingebracht, sie wird zurück sein, bevor das Gras nachgewachsen ist oder es muss sich gedulden. Das Jungvieh steht zusammen mit dem eines Nachbarn auf einer Hochweide. Sonst sehen sie abwechselnd nach dem Rechten, für die nächsten Wochen wird er es allein übernehmen. Das restliche Vieh trieb sie vor ein paar Tagen zu einem anderen Hof. Den Hühnern gab sie in Bier getränktes Brot, so schliefen sie friedlich in dem Käfig, den sie sich auf den Rücken geschnallt hat. In dem Moment, in dem sie ihre Tiere zurückließ, hatte sie das Gefühl, sie lässt ihre Familie im Stich, aber die Aufregung der Reisevorbereitungen lassen sie das schlechte Gewissen schnell vergessen.

Sie ist sehr aufgeregt. Sie kann nicht sagen, was sie in die Stadt zieht, plötzlich hat sie das dringende Bedürfnis verspürt, herauszukommen aus ihrem Alltag. Allein hätte ihr der Mut gefehlt oder sie wäre nie auf den Gedanken gekommen, aber nun ist die Neugierde geweckt. Ein völlig unbekanntes Gefühl für Abenteuer ist in ihr erwacht. Dort hat sie zumindest eine Person, die ihr vertraut ist, eine Anlaufstelle. Sie erschrickt, als ihre Überlegungen sogar so weit gehen, für immer in der Stadt zu bleiben. Seit Tobias ein kleines Fenster zu dieser großen, unbekannten Welt dort draußen aufgestoßen hat, brennt in ihr ein unglaublicher Hunger nach Abwechslung, Neuem, gepaart mit der leisen Wehmut, dass sie ihr Zuhause vielleicht nie wieder mit der gleichen Zufriedenheit sehen kann. Auf den langen Fußmärschen zu den Bauernhöfen, bei denen sie fragen wollte, ob sie ihre Tiere unterbringen können, überlegte sie hin und her, was sie alles erledigen, regeln, mitnehmen muss und was sie brauchen wird. Dabei stellte sie fest, dass die einzige Vorstellung von der Stadt aus ihrer frühsten Kindheit stammt, als sie mit ihren Eltern Mutters Familie besuchte. Sie hat immer über die vielen Menschen gestaunt, die sich an den Ampeln drängten, die Autos, mit denen sie zusammen im Stau standen und die bunte Leuchtreklame, wenn sie spät abends wieder nach Hause fuhren. Sie lächelt bei dem Gedanken, dass sie sich Stadtwohnungen hoch vorstellt. Die Türklinken sind kaum erreichbar und auf den Tisch kann man nur blicken, wenn man vorher mühevoll einen Stuhl oder das muffig riechende Sofa erklimmt. Aber sie vermutet belustigt, dass dieses Mal die Perspektive anders sein wird. Sie nimmt sich vor, keine Erwartungen zu haben. Einfach alles auf sich zukommen zu lassen. Es werden auf jeden Fall eine Menge neuer Erfahrungen sein.

Freitagmittag steht sie mit ihrem dick bepackten Rucksack am Bahnhof. Viel zu früh. Der Zug kommt erst in einer halben Stunde, aber sie hielt es nicht mehr aus. Die ganze Nacht konnte sie nicht schlafen. Dann stand sie zu einer Zeit auf, zu der es sogar zu früh zum Melken der Kühe gewesen wäre. Noch einmal hat sie ihren Kleiderschrank geöffnet, um vielleicht etwas zu entdecken, das sie unbedingt mitnehmen müsste, aber der war ohnehin fast leer. Vor dem Badezimmerregal vollzog sie dieselbe Prozedur, wie wenn sie das nicht die letzten Tage schon immer und immer wieder getan hätte. Wehmütig ging sie durch den leeren Stall und vermisste ihre Tiere. Als sie in der Küche ihr Frühstück zubereitete und mit den letzten Resten aus dem Kühlschrank ein paar Brote für die Fahrt belegte, fing es endlich an zu dämmern. Sie schüttelte lächelnd den Kopf, als ihr klar wurde, dass die Zugfahrt nur eineinhalb Stunden dauern und sie in der Stadt an jeder Ecke einen Stand mit Essbarem finden würde. Dann waren alle Taschen gepackt, alle Brote geschmiert, alle Fensterläden überprüft und sie versuchte sich mit einem Buch die Zeit zu vertreiben, aber es gelang ihr nicht. Es lag nur zum Schein vor ihr. In Wirklichkeit hing sie ihren Gedanken nach. Bevor ihre Fantasie mit ihr durchging, bremste sie sich: ‚Keine Erwartungen, das werden nur Enttäuschungen'. Sie beschloss, ungeachtet der frühen Zeit, langsam loszugehen. Der Vorsatz zeigte nicht lange Wirkung. Nach wenigen Metern verfiel sie in ihr gewohntes Tempo und merkte gar nicht, dass sie schon wieder angefangen hatte die Fantasien, die wie Nebelschwaden durch ihren Kopf zogen, farbenprächtig auszumalen. Wie ein Zirkusumzug gaukelten Bilder durch ihre Gedanken. Bunte Märkte, auf denen sich in schier unendlichen Reihen Stand an Stand kettete. Unüberschaubare Mengen von Menschen, die immer Masse blieben, sich niemals vereinzelten. Die Figur der alten Tante, wie sie zur Begrüßung lachend in der Wohnungstür stand, mit einem großen Schokoladenkuchen ins Wohnzimmer kam oder Verona in die wuchtigen Arme nehmen wollte.

Nervös wandert sie am Bahnsteig auf und ab. Es ist nur eine kleine Haltestelle, hinter dem Dorf gelegen, mit einem Unterstand und einem Automaten zum Lösen der Fahrscheine. Ihre Karte hat sie schon vor zwei Tagen geholt. Sie wollte nicht riskieren, am Abreisetag ohne die passenden Münzen und Scheine dazustehen. Sie ist die Einzige, die wartet und dies macht sie noch nervöser. Hat sie den Zug verpasst oder ist es der falsche Tag? Es ist ein kühler, regnerischer Sommertag, aber sicherlich nicht so kalt, dass Veronas Frösteln gerechtfertigt wäre. Endlich sieht sie den Zug winzig in der Ferne aus dem Wald kommen. Da nur drei am Tag fahren und die Richtung prinzipiell stimmt, legt sich ihre Aufregung. Immer noch ist sie die Einzige am Bahnsteig. Plötzlich kommt ihr der Gedanke, dass der Lokführer sie vielleicht übersieht und nicht anhält. Fieberhaft überlegt sie, ob sie winken muss, was ihr lächerlich vorkommt. Der Zug verlangsamt das Tempo und als er vor Verona stehen bleibt, atmet sie erleichtert auf. Sie steigt ein. Es sind nur drei Waggons und selbst die sind fast leer. Sie sucht sich einen Fensterplatz in Fahrtrichtung und sieht sich unruhig um. Sie hat das Bedürfnis, einen der Passagiere zu fragen, ob sie im richtigen Zug sitzt, aber Theresa hat ihr gesagt, dass alle in die Stadt fahren. So grüßt sie nur mit einem stummen Nicken. „Hallo Verona, ganz ruhig bleiben, du bist noch zu Hause und die Welt hat sich noch nicht aus den Angeln bewegt", sagt sie leise zu sich, setzt den Rucksack auf der Bank ab, sich selbst daneben, atmet tief und langsam durch und versucht ihren Ellenbogen betont gelassen auf der Kante des Fensters aufzustützen. Aus dem roten Kunststoffbezug der Sitzbank steigt ihr ein stechender Geruch in die Nase. Das messingfarbene Gestänge der Gepäckablage über ihr ist von den vielen Taschen, die es schon tragen musste, abgewetzt.

Der Zug setzt sich in Bewegung. Egal wohin, jetzt fahren wir und keiner kann uns aufhalten, denkt sie, und ein erregendes Gefühl von Abenteuer kommt in ihr auf. Ein dicker Schaffner schreitet langsam durch die Abteile, begrüßt sie mit einem kurzen Nicken und einem freundlichen Blick durch seine kleine runde Brille und sieht sich die Fahrkarte von beiden Seiten genau an. Das macht sie sofort wieder nervös. Er entwertet das Ticket. Dieses leise Knipsen ist das Signal zum Aufbruch. Plötzlich fällt die letzte Unruhe von ihr ab und sie sitzt da mit einem Lächeln im Gesicht, wie ein Kind vor dem Weihnachtsbaum. Ihre Wangen sind gerötet. Die Fahrt vergeht viel zu schnell. Landschaftsfetzen fliegen

an ihr vorbei, mischen sich mit den euphorischen Vorstellungen vor ihrem inneren Auge. Huschende Bäume
paaren sich mit Armeen von Ampeln. Lachende Kinder
in den Gärten springen einher mit denen auf den Märk-
ten in ihrer Erinnerung, eingerahmt mit zart rosaroter
Zuckerwatte. Wolken werden zu riesigen Hochhäusern
oder zu lang gezogenen Brücken über imaginären Stra-
ßenzügen. In einem Waldstück verwandelt sich jeder
Baum plötzlich in einen Menschen. Hunderte und Aber-
hunderte. Alle drängeln sich und schubsen, einige stürzen und werden getreten. Entsetzt schließt sie die Augen, aber das Drängeln geht weiter. Sie reißt sie wieder
auf und versucht sich angestrengt auf den leeren Sitz
ihr gegenüber zu konzentrieren. Das Schubsen lässt
nach und sie sinkt erleichtert zusammen.

Nun ist der richtige Moment, zur Ablenkung eines ihrer Brote zu essen. Dann fangen die Ausläufer der Stadt
an. Gartenanlagen, in denen am Freitagmittag bereits
reger Betrieb herrscht und danach die ersten Häuser.
Sie konzentriert sich auf die geöffneten Fenster, in denen sie manchmal Menschen sieht. Sie versucht sich
das passende Familienleben dazu vorzustellen. Eine
alte Frau mit weißen, hochgesteckten Haaren sieht auf
die Straße hinunter. Sicherlich wartet sie auf ihre Enkel,
die sie Freitag nach der Schule besuchen. Es steht ein
Schokoladenkuchen auf dem Tisch und der Kakao
dampft. Eine junge Frau putzt Fenster. Sie erwartet für
das Wochenende Besuch. Ihr Freund kommt, der die
ganze Woche an einem anderen Ort arbeitet. Ein kleiner Junge im zweiten Stock unterhält sich mit einem auf
der Straße. Sie besprechen, was sie dieses Wochenende alles vorhaben. Ein dicker Mann steht im Unterhemd

in seinem Wohnzimmer. Er ist vom Mittagessen aufgestanden und träumt vom Abendessen. Ein anderer Mann sitzt auf dem Fensterbrett und liest in einer Zeitschrift. Eine Frau auf der Straße blickt im Vorbeigehen zu ihm auf. Sie ist schon lange in ihn verliebt und traut sich nicht, ihn anzusprechen. Verona seufzt unglücklich auf und kichert kindisch vor sich hin.

Der Zug wird langsamer und immer mehr Gleise wachsen wie Äste aus einem Stamm. Sie versucht sie zu zählen, aber es hören einige plötzlich auf und neue kommen hinzu. Ihr wird ganz schwindelig. Als die Bremsen leise quietschen, hebt sie ihren Rucksack auf den Rücken und zerrt an den Griffen des Fensters, aber es klemmt. Sie gibt auf und wankt gegen die Bewegung des Waggons den Gang vor zur nächsten Tür. Dort steht sie lange allein, da der Zug anscheinend nicht halten will. Sie drückt die Wange gegen die Scheibe, um den Bahnhof zu sehen, aber da sind nur Gleise. Jetzt sammeln sich andere Fahrgäste an der Tür. Sie lächelt ihnen wegen ihrer Unwissenheit verlegen zu. Endlich hält der Zug. Verona steht auf der falschen Seite, ist aber froh darüber, denn die Frau, die vor der richtigen Tür steht, bekommt diese nicht auf und ein Herr im schicken Anzug muss seinen Aktenkoffer abstellen und ihr helfen. Er ist über diese unplanmäßige Verzögerung nicht erfreut und sie entschuldigt sich drei Mal, auch als er längst davongeeilt ist. Die Frau tut Verona leid und sie lächelt ihr besonders nett zu. Obwohl ihr klar ist, dass sie nur den anderen folgen muss, fragt sie, wo der Ausgang ist. Die Dame erzählt ihr von drei Hauptausgängen, von denen der mittlere zu den U-Bahnstationen und der rechte in Richtung Zentrum führt. Da klopft ihr ein großer Mann mit grau meliertem Haar auf die Schulter und sie begrüßt ihn freudig. Verona bedankt sich, obwohl die Frau es nicht mehr hört und geht los.

Eigentlich hat Tobias vorgeschlagen, dass sie sich vom Bahnhof ein Taxi zu seiner Wohnung nehmen soll. Er hat bei einer Nachbarin den Wohnungsschlüssel hinterlegt, da er bis zum Abend arbeiten muss. Doch Verona wird nach Verlassen des Zuges klar, dass sie in diese aufregende Stadt eintauchen will. Sie fühlt ein Glühen im Gesicht, als sie mit den anderen Passagieren dem vermeintlichen Ausgang zustrebt. Wie in einem riesigen Flussdelta fließen unzählige Bahnsteige zusammen und auf jedem bewegen sich Ströme von Menschen ohne Absprache einem großen Ziel entgegen. Sie lässt sich mitreißen und genießt das Eintauchen in die fließende, zerfließende, sich ständig verändernde Menge. Sie fühlt sich wie ein kleiner Funke in einer unendlichen Lavamasse. Klein ist sie und mächtig zu gleich.

Auf den Anzeigetafeln hoch über den Gleisen kann sie die Bestimmungsorte der abfahrenden Züge lesen. Rom steht da, Mailand, Istanbul und Athen. Hamburg, Paris, Berlin und Zürich. Irgendwann, nimmt sie sich vor, wird sie in jedem der Züge einmal sitzen. In diesem Augenblick wird ihr bewusst, dass es so viel zu entdecken gibt und der kleine Hof, auf dem sie aufgewachsen ist, wird immer ihr Zuhause und ihre Zufluchtsstätte bleiben.

Nun hat sie, von den unbekannten Menschen links und rechts neben ihr, vor und hinter ihr getrieben, einen der Ausgänge erreicht. Es ist ohne Zweifel der zum

Stadtzentrum, denn das Leben dort draußen ist noch quirliger. Nun gibt es keine gemeinsame Bestimmung für die Angekommenen mehr. Jeder drängelt in eine andere Richtung davon. Verona ist schlagartig fast allein und bleibt stehen in der Hoffnung, sich orientieren zu können, aber woran? Alles ist fremd und neu. Vor ihr reihen sich Taxis bereit, ihre Passagiere zu schlucken. Nein, nein. Sie will zu Fuß losziehen und die Ampel, die direkt am Bahnhofsvorplatz über die sechsspurige Straße führt, winkt ihr mit einem kleinen, grünen Männchen auffordernd zu. Es gibt nach allen Seiten Straßen und Ampeln. Doch diese scheint ihr irgendwie am hellsten zu sein.

Auf der anderen Seite beginnt überraschend eine menschenleere Fußgängerzone mit Geschäften, durch deren schmutzige Fensterscheiben die verblichenen Verpackungen der angebotenen Waren zu sehen sind. Rasierapparate, Haartrockner und elektrische Zahnbürsten, die sicherlich längst von aktuelleren Modellen abgelöst wurden. Ein Obstgeschäft mit unrealistisch hohen Preisen. Dazwischen schmutzige Gaststätten und Imbissbuden, vor denen Betrunkene und verwahrlost gekleidete Menschen stehen. Sie blicken starr auf den Boden. Manche heben träge den Kopf, wenn jemand vorübergeht. Doch Verona hat das Gefühl, dass auch die sie nicht wirklich sehen. Ihre glasigen Blicke gehen durch sie hindurch, als suchten sie in der Ferne eine kleine Sternschnuppe, die wieder Licht in die Dunkelheit ihrer Tage bringt. Ihre euphorischen Schritte werden langsamer. Dieser Anblick ist nicht Teil ihrer Erinnerung. Das hat nichts mit den schillernden Lichtern, den riesigen Kaufhäusern und den gebrannten

Mandeln aus ihrer Kindheit zu tun. Unbewusst ist sie stehen geblieben und erschrickt, als ein Mann in undefinierbarem Alter mit fettigen, dunklen Haaren und großen Lücken zwischen den restlichen gelbbraunen Zähnen sie um Geld anbettelt. Entsetzt rennt sie weiter und ist froh, als nach einigen Hundert Metern die Straße wieder belebter wird. Ein Leben, das eher ihren Vorstellungen entspricht. Bei all den neuen Eindrücken, die auf sie einströmen, sind diese unangenehmen bald verdrängt. Hier sind sie endlich, die Marktstände mit all den leckeren Sachen, die Straßenmusiker und Gaukler, die unzähligen Boutiquen, aus denen laute Musik erklingt, Buchhandlungen, die mehrere Stockwerke hoch sind, kein Vergleich mit dem Regal in Mahlichs Laden.

Verona entscheidet sich für ein riesiges Kaufhaus, in dem es anscheinend alles gibt. Abteilung für Abteilung, Etage für Etage durchwandert sie und besieht sich alles ganz genau, bis sie das Gefühl hat, in den fensterlosen Räumen keine Luft mehr zu bekommen. Sie gerät leicht in Panik, da sie keinen Ausgang findet. Wieder auf der Straße atmet sie tief durch und sucht sich einen Platz abseits vom großen Gedränge. Dort sitzt sie lange Zeit, sieht die Menschenflut am späten Nachmittag noch einmal ansteigen und am Abend langsam verebben. Die Geschäfte schließen, als Verona das laute Knurren ihres Magens hört. Im Rucksack findet sie ein vertrocknetes und verbogenes Brot. An einem Kiosk kauft sie einen Stadtplan. Diesen breitet sie auf dem Pflaster der inzwischen leeren Fußgängerzone aus und versucht sich zu orientieren. Noch ist sie wild entschlossen, zu Fuß zu Tobias Wohnung zu gehen, auch als sie feststellt, dass es ein langer Weg ist. Sie schultert ihren

Rucksack und zieht mit einem letzten Blick auf den Plan los. Sie ist über zwei Stunden unterwegs. Es ist dunkel geworden und die Gehsteige beleben sich gerade wieder mit gut gelauntem Publikum, das seinen abendlichen Vergnügungen entgegenstrebt. Sie dagegen fühlt sich müde und erschöpft, als sie endlich in die menschenleere Straße einbiegt, in der Tobias Wohnung sein muss. Autos parken dicht gedrängt. Die Häuser sind kahl und hässlich. Sie wirken wie billige Filmkulissen, die beim kleinsten Windhauch umfallen, um Verona unter sich zu begraben. Welch heldenhafter Tod. Sie stellt sich die Nachricht in der Zeitung am Morgen danach vor. ‚Junge, unerfahrene Frau vom Land wird von städtischer Häuserschlucht zerquetscht'. Das passende Foto und die Schlagzeile stehen für Sekunden vor ihrem geistigen Auge. Sie lacht trocken, sieht die schier endlosen Reihen der Wohnblöcke zu beiden Seiten und es scheint ihr, als ob sie mit jedem Moment näher rücken. Angst überfällt sie. Sie würgt die Luft aus ihren Lungen und saugt neue ruckartig ein. Dünne Luft, tote Luft, Luft, die ihre Lunge kaum erreicht. Ein Röcheln kriecht aus ihrem Mund. „Hallo!" ruft sie sich selbst laut zu. „Was ist los? Die Welt dreht sich noch und morgen wird die Sonne wie immer aufgehen. Kein Grund zur Panik." Trotzdem beschleunigt sie ihren Schritt und wirft den Häusern einen flehenden Blick zu. Die Gebäude sind kahl, aber damit übersichtlich, was dem Suchenden das Finden erleichtert. An den Eingangstüren leuchten groß die Hausnummern und sie merkt zumindest dadurch, wie sie Meter für Meter ihrem Ziel näherkommt. Erleichtert atmet sie auf, als sie den

Eingang mit der Nummer 268 findet und unter den unzähligen Namen auf dem Klingelbrett T. Pächter steht.

Auf ihr Klingeln hin ertönt sofort das monotone Surren des Türöffners und im vierten Stock wartet Tobias mit besorgter Miene. „Mann, wo bleibst du denn? Ich dachte schon, dir ist etwas passiert. Warum nimmst du nicht den Aufzug? Du siehst müde aus." - „Hallo Tobias, schön, dich zu sehen. Ich bin jetzt auch ziemlich müde. Es tut mir leid, wenn du dir Sorgen gemacht hast. Ich trieb mich den ganzen Nachmittag in der Stadt herum und der Weg hier her war länger als ich dachte." - „Na, dann komm herein und setz dich. Willst du etwas trinken?" - „Oh ja, ein Glas Wasser wäre gut." Im Gang zieht sie ihre Schuhe aus und versucht ein Ächzen zu unterdrücken. „Man könnte meinen, ich sei es nicht gewöhnt, zu Fuß zu gehen, vielleicht liegt es daran, dass die Straßen hier härter sind. Ich glaube, ich habe sogar eine Blase." Tobias kommt mit dem Wasser zurück. „Ich habe auch Wein oder Bier, falls du möchtest." Sie schüttelt den Kopf. „Nun erzähl mal, was du auf deiner langen Reise so erlebt hast." Verona sieht ihn zweifelnd an und beide lachen los. „Ich war wirklich total aufgeregt, Tobias. Das kannst du dir bestimmt nicht vorstellen, aber immerhin bin ich das erste Mal seit Langem und das allererste Mal allein weiter von zu Hause weg. Lach mich bitte nicht aus." - „Nein tue ich nicht. Ich kann mir das vorstellen, aber keine Angst, es ist hier alles enger, voller und lauter, aber auch die Wesen in der Stadt sind menschlicher Natur. Zumindest größtenteils und um den Rest kümmere dich einfach nicht." Da erinnert sie sich an die heruntergekommenen Leute in der ersten Straße und nickt. Eigentlich hat sie

gar keinen Hunger, aber Tobias hat leckere Dinge ein-
gekauft und sie kochen gemeinsam. Eine neue Erfahrung, denn bisher tat das entweder ihre Mutter oder
dann sie allein, aber zusammen macht es viel mehr
Spaß und die Flasche Wein, die schon leer ist, bevor
sie überhaupt zu essen anfangen, tut ihr Übriges.
Tobias hat einen winzigen Raum, den er normalerweise
als Abstellkammer nutzt, notdürftig, aber liebevoll zum
Gästezimmer hergerichtet. Sogar Blumen hat er gekauft
und in ein zur Vase umfunktioniertes Schraubglas gestellt. Über dem Klappbett verdeckt ein großes Poster
mit einem weißen Pferd schadhafte Stellen in der
Wand. Verona ist total müde und man hätte in dieser
Nacht neben ihrem Bett eine Baustelle einrichten können, sie hätte es nicht bemerkt.

Für die nächsten beiden Tage hat Tobias eine
Stadtbesichtigung geplant. Doch sie beginnen in aller
Ruhe mit einem ausgiebigen Frühstück und vor Mittag
kommen sie nicht aus der Wohnung. Verona ist wirklich
bemüht, sich all die Namen und Orte zu merken. Ihr
Cousin beugt durch witzige Anekdoten einer vorzeitigen
Ermüdung vor. Er meint, dass er bis vor Kurzem nichts
von all dem wusste, obwohl er in dieser Stadt aufgewachsen ist. „Ich habe mir ein paar Bücher ausgeliehen
und mich ausführlich auf deinen Besuch vorbereitet. Ich
wollte nicht komplett ahnungslos dastehen. Und es war
so interessant, dass ich mir mehr Wissen aneignete, als
ich vorhatte. Nun sag schon, dass ich gut bin. In meinem Bekanntenkreis sind inzwischen alle genervt, wenn
ich mit ‚Habt ihr gewusst ...‘ anfange." Während der
Tour macht er eine Liste von Sehenswürdigkeiten, die
sie in der kommenden Woche, wenn er arbeiten muss,

genauer ansehen soll. „Und am Freitagabend sind wir bei einem Freund zu einer Party eingeladen."

Verona ist jeden Tag unterwegs. Sie verlässt früh morgens mit Tobias das Haus und kehrt abends meistens nach ihm zurück, aber die Liste hat sie auch am Ende der Woche nicht abgearbeitet. Sie blieb jedes Mal bald in einem schönen Park hängen. Drei Bücher hat sie sich gekauft und alle während dieser Woche gelesen. Oder sie hat sich hingesetzt und das quirlige Treiben, das für sie so ungewohnt ist, beobachtet, aus ausreichender Distanz wie einen Film, den sie sich im Kino ansieht.

Am Freitagnachmittag fällt ihr die Party ein, und dass sie überhaupt keine Lust verspürt, dort hinzugehen. Wie soll sie das nur Tobias erklären? Er will sie unbedingt seinen Freunden vorstellen und sie sieht schon die mitleidigen Blicke, die man ‚einer vom Lande' zuwirft. Sie hat sich heute noch ein Buch gekauft und will es am Abend lesen. Tobias will nichts davon hören, als sie ihm beiläufig vorschlägt, er soll allein hingehen. „Es macht mir nichts aus, hierzubleiben." - „Nichts da. Du kommst mit. Du wirst dich nicht hier verkriechen. Es wird dich keiner beißen. Das sind alles ganz normale Leute. Auch in der Stadt gibt es die. Oder findest du, dass ich irgendwelche Stadtallüren habe?" - „Nein davon bemerkte ich bisher nichts", lacht Verona, „aber, wenn ihr so geballt auftretet, kann das ja noch kommen." - „Na, dann solltest du dir dieses Schauspiel auf keinen Fall entgehen lassen. Und erzähl mir nicht, dass du nichts Passendes zum Anziehen hast, dann hast *du* nämlich Stadtallüren. Es sind nur ein paar Freunde, die sich zwanglos treffen."

Die paar Freunde sind so etwa fünfzig Leute und die Wohnung, in der sie sich zwanglos treffen, droht aus den Nähten zu platzen. Tobias stellt ihr unzählige vor, deren Namen und Zugehörigkeit sie sich ohnehin nicht merken kann, aber das erwartet sicherlich niemand. Ansonsten wird sie kaum beachtet. Die Gastgeberin nahm ihr an der Eingangstür die Schüssel mit dem Schokoladenpudding ab, den sie noch schnell gekocht haben. Denn mitbringen ist Pflicht, hat Tobias gesagt, egal was und alle wissen, dass Schokoladenpudding sein Spezialgebiet ist. Er hat auch Tequila mitgenommen, von dem er gleich etwas einschenkt, zum Aufwärmen, wie er meint. Als er ihre Gläser nachfüllen möchte, ist die Flasche bereits auf geheimnisvoller Wanderschaft in der Menge verschwunden. Er will etwas anderes zu Trinken besorgen, wird aber sofort von Leuten umzingelt und in eine lebhafte Unterhaltung verstrickt. Verona nutzt die Gelegenheit, um sich umzusehen. In der Küche hat sich das mitgebrachte ‚egal was' zu einem umfangreichen Buffet summiert. Ihr ist nach dem Tequila klar geworden, dass sie noch nichts gegessen hat und steht unschlüssig davor. Um sie drängen sich hungrige Leute und sie lauscht den diversen Empfehlungen. Endlich lädt sie sich einen großen Löffel Nudelsalat auf den Teller, als eine Stimme neben ihr sagt: „Der kalte Braten ist lecker. Ich habe ihn schon probiert und er passt vorzüglich zu dem Nudelsalat, der, ganz nebenbei gesagt, auch sehr lecker ist und von mir gemacht wurde." Der Mann, aus dessen Mund die Worte kommen, grinst sie von der Seite her breit an. „Wir sind uns zuerst vorgestellt worden, aber es ist unwahrscheinlich, dass du dir irgendjemanden gemerkt hast." -

„Ich habe es ernsthaft versucht, aber es tut mir leid, es ist nichts hängen geblieben." - „Ich heiße Max und bin ein alter Schulfreund von Tobias. Und dein Name ist, glaube ich, Verona. Du bist seine Cousine. Stimmt's?" - „Stimmt", antwortet sie knapp und undeutlich, da sie an einem großen Stück des empfohlenen Bratens kaut, der wirklich ausgezeichnet ist. „Bleibst du länger in der Stadt?" will Max wissen. „Ich weiß noch nicht. Ich habe zwei Wochen eingeplant, aber mich noch nicht festgelegt." Tobias kommt mit zwei Gläsern und einer Flasche Rotwein zurück und hat die letzten Worte gehört. „Ich möchte sie überzeugen, dass sie auf jeden Fall bis zum Festival in drei Wochen bleibt. Das darf sie nicht verpassen. Hilf mir, du bist doch gut im Reden." - „Natürlich musst du bis zum Festival bleiben. Es kommen gute Bands und es sind viele ausgezeichnete Veranstaltungen dabei. Ich habe vor, zu einer Open-Air-Aufführung von Shakespeares ‚Sommernachtstraum' im Stadtpark zu gehen. Die Veranstaltung ist längst ausverkauft, aber eine Bekannte musste überraschend eine andere Schicht übernehmen und kann nicht. Sie sucht noch jemanden, der die Karte haben möchte." - „Nicht so schnell. Ich weiß nicht, ob ich so lange bleibe. Aber prinzipiell würde mich das Theater interessieren." - „Ich besorge die Karte. Ohne Verpflichtung. Ich finde jemanden, der sie mir abnimmt, falls du nicht mehr da bist. Aber glaube mir, du würdest etwas verpassen. Ich habe die Beschreibung gelesen. Es wird grandios werden. Sie beginnt erst nach Einbruch der Dunkelheit und es ist eine aufwendige Beleuchtungstechnik für den ganzen Bereich im Park geplant. Die Inszenierung soll ein gelungener Mix aus Tradition und Moderne sein." Er erzählt so begeistert, dass ihr klar wird, es wäre wirklich ein unwiederbringlicher Verlust, es zu verpassen. Sie grinst Max an. Der hält inne: „Was ist los?" - „Du hast mich schon fast überzeugt." Max grinst zurück und antwortet mit einem zufriedenen und lang gezogenen „Gut." Verona fängt an, sich zu entspannen und die Party zu genießen. Max versorgt sie nicht nur mit Getränken, sondern auch mit allen wichtigen und unwichtigen Geschichten zu den Gästen, den ganzen Klatsch und Tratsch vom Freundeskreis. Gegen drei Uhr morgens verlassen Verona und Tobias die Feier, obwohl sie noch im vollen Gang ist. Max lässt Verona nicht eher gehen, bis er eine Verabredung für den Nachmittag hat.

Trotzdem sie spät ins Bett gekommen ist, ist sie früh wach. Von Tobias ist nichts zu sehen und zu hören. Sie weiß inzwischen, wo der nächste Bäcker ist. Ihr Cousin steht erst gegen Mittag auf. Beim Frühstück reden sie über den vergangenen Abend. „Na, war doch gar nicht so schlimm oder?" - „Nein, ging schon. Sind echt nett deine Freunde." - „Besonders Max, oder?" Tobias grinst breit. „Ja, ist er." Verona merkt, wie sie rot wird und senkt schnell den Kopf in vorgegebener Konzentration auf das Brötchen, das vor ihr auf dem Teller liegt und die überaus wichtige Entscheidung, wie die Marmelade darauf verteilt werden muss. Während sie die beiden Erdbeerstücke unschlüssig auf der Butter hin und her schiebt, erwähnt sie wie beiläufig: „Wir haben uns für den Nachmittag verabredet. Ich hoffe, du hast nichts geplant." - „Sieh an, sieh an. Du bist schnell. Ich sollte besser auf dich aufpassen. Ich dachte, auf dem Land lässt man das ein bisschen langsamer angehen. Da wünsche ich euch viel Spaß und hoffe, du teilst mir heute Abend nicht schon den Hochzeitstermin mit." - „Blödsinn, wir wollen nur in eine Gemäldeausstellung gehen. Soll gut sein, du kannst mitkommen." - „Oh nein, ich würde nicht wagen, das junge Glück zu stören." - „Tobias", ruft Verona empört und stupst ihn über den Tisch hinweg an. Die Kaffeetassen schwappen über, sodass sie damit beschäftigt sind, die Überschwemmung zu beseitigen und danach ist das Thema vergessen.

Pünktlich um zwei Uhr steht sie am verabredeten Treffpunkt vor der Galerie. Um Viertel nach zwei wartet sie immer noch. Sie versucht die Enttäuschung zu unterdrücken und überlegt, ob die Ausstellung interessant genug ist, um sie allein zu besuchen, wenn sie schon hier ist. Andererseits hat sie auf ihrem Stadtplan gesehen, dass in der Nähe ein größerer Park ist und zufälligerweise hat sie das Buch in der Tasche, das sie gestern Abend lesen wollte. Sie steht noch vor dem Plakat, als hinter ihr jemand sagt: „Ich bin leider zu spät, daran musst du dich bei mir gewöhnen." Natürlich ist es Max mit einem kleinen gelben Blümchen in der Hand und einem charmanten Lächeln. Verona verkneift sich das ‚muss ich?', das ihr als Antwort auf den Lippen liegt und vermeidet es auch, auf die Uhr zu sehen. Sie beschließt, den Tag einfach zu genießen und antwortet nur: „Na, dann lass uns hineingehen. Scheint wirklich eine interessante Ausstellung zu sein." Das bereits welke Blümchen lässt sie wie zufällig am Eingang liegen und Max bemerkt es nicht.

Es ist Veronas erste Gemäldeausstellung und sie ist sehr beeindruckt. Unter den Büchern ihrer Eltern gibt es einen dicken Band, in dem die Malerei seit ihrer Entstehung abgehandelt wird. Ein Buch mit guten Drucken der Beispiele. Nun selbst vor großformatigen Originalen zu stehen, verschlägt ihr den Atem. Die Ausstellung befasst sich mit Künstlern des ausklingenden Mittelalters. Maler, die in einer Zeit geboren wurden, der sie weit voraus waren. Sie kennt sich nicht gut aus und die Namen sagen ihr nicht viel, doch einer beeindruckt sie besonders. Ein Maler namens Caravaggio. Bei seinen Bildern hat man den Eindruck, als wären die Figuren in der Bewegung eingefroren. Es sind keine Fürsten und Edelleute, die besonders gut zur Geltung kommen sollten, wenn möglich mit einem imposanten Schloss im Hintergrund, einem edlen Pferd, auf dem sie sitzen oder wertvollen Zuchthunden zu ihren Füßen. Dieser Caravaggio hat es geschafft, das alltägliche Leben in einem bestimmten Augenblick erstarren zu lassen. Wie ein Schnappschuss aus einer modernen Kamera. Seine Figuren sind von enorm starkem Scheinwerferlicht angestrahlt, das es zu dieser Zeit nicht im Entferntesten gegeben haben konnte, vor einem mehr als nachtschwarzen Hintergrund und der Betrachter hat das Gefühl, er dürfe den Hintergrund auf keinen Fall aus den Augen lassen, denn jeden Moment könnte von dort etwas völlig Unerwartetes hervorspringen, der eigentliche Grund des Bildes scheint dort im Dunklen zu liegen. Sie verharrt lange davor und hat Max längst vergessen. In dem Raum hängen drei Bilder dieses Malers und Verona dreht sich im Zeitlupentempo herum. Sie sieht die anderen Besucher nicht, nicht die Wände und Durchgänge dazwischen, nur diese Bilder und ist in ihnen gefangen und gleichzeitig befreit.

Bei einem leichten Klopfen auf ihre Schulter zuckt sie zusammen. Max steht neben ihr. „Sind die Bilder nicht großartig", flüstert sie. „Ja, sind nicht schlecht, aber ich möchte jetzt einen Kaffee trinken gehen. Ich muss hier raus. Die Luft ist zu stickig." Verona starrt ihn an, als ob er in einer fremden Sprache zu ihr sprechen würde, nickt mechanisch wie eine Puppe, die man aufgezogen hat und folgt ihm aus der Galerie. Auf der Terrasse eines nahe gelegenen Cafés erzählt Max irgendetwas. Er erzählt viel von diesem ‚irgendetwas' und Verona sieht ihn an, manchmal scheint ihr Mund zu lächeln, ihr Kopf zu nicken, aber sie sieht ihn nicht wirklich. Sie sieht nichts, denkt nichts, fühlt nichts, absolute, paradiesische Leere. Irgendwann ist sie wieder in Tobias Wohnung. Sie sitzt auf einem Stuhl in der Küche und starrt aus dem Fenster auf die gegenüberliegende Hausfront. Plötzlich fliegen zwei Vögel mit lautem Gezeter vorbei. Verona erschrickt, ruft laut „Hey" und damit kehrt sie in die reale Welt zurück. Sie glaubt sich zu erinnern, Max erzählt zu haben, dass sie am Abend mit Tobias kochen will und dass Max gesagt hat, er hat morgen etwas lange Geplantes vor. Sie sieht sich um, stellt fest, dass sie allein in der Wohnung ist, stürzt sich voller Tatendrang auf das schmutzige Geschirr und überlegt, wann sie das letzte Mal abgewaschen haben. Sie kommt auf den zweiten Abend ihres Hierseins und da stand ein ähnlich riesiger Stapel. Als Tobias die Tür aufschließt, dreht sie sich mit den letzten Teilen unschlüssig in der Küche um die eigene Achse, um den Zufall entscheiden zu lassen, wo sie sie einräumt. Ihr Cousin erscheint in der Küchentür, erfasst mit einem Blick die Situation, grinst und meint: „So mag ich Besucher. Manchmal sind sie wirklich zu etwas nütze." Sie streckt ihm das übrig gebliebene Geschirr entgegen. „Weiß nicht wohin und ob du den Rest jemals wiederfindest, ist auch nicht so sicher." - „Macht nichts. Wenn ich selbst einräume, bin ich so manches Mal überrascht, was ich alles habe." Er nimmt die Teile, steht kurz genauso unschlüssig da, öffnet eine Schranktür, hinter der nichts mehr Platz hat, öffnet eine zweite und schiebt alles ohne besondere Ordnung hinein.

Sie essen eine Kleinigkeit und ziehen los ins Kino. Es wird ein Science-Fiction gezeigt, für den Tobias eine angeblich sehr zuverlässige Empfehlung bekommen hat. Als sie anschließend in das Dunkel der Nacht hinaustreten, schweigen sie enttäuscht, sehen sich an und lachen gleichzeitig los. Den restlichen Abend amüsieren sie sich bei einigen Bierchen über den sinnlosen Inhalt des Films. Eine Gruppe von Leuten strandete auf einem fremden Planeten, in einem Zeitalter, in dem das ziemlich normal ist, wie man eben heutzutage auf einer einsamen Landstraße in einem abgelegenen Gasthof landet. Das Problem dieses Planeten war - und gut, dass es das gab, denn sonst hätte der Film gar keinen Inhalt gehabt -, dass riesige krebsartige Insekten dort lebten, die allerdings nur im Dunkeln aus ihren Schlupflöchern kamen. Man könnte meinen, dies wäre nicht besonders erwähnenswert, denn dann hätten sich die Gestrandeten einfach nachts verstecken müssen, aber es war erstaunlich oft und lange Nacht auf diesem fremden Planeten. Ein wildes Gemetzel war vorbestimmt. Wer dabei gegen wen kämpfte, war nicht so eindeutig erkennbar - wegen der Dunkelheit - und das Warum war absolut fragwürdig. Tobias und Verona sind deswegen allerdings äußerst gut gelaunt und erzählen sich immer wieder gegenseitig die eine oder andere sinnlose Szene.

Am Sonntagmorgen muss Verona die Liste der Sehenswürdigkeiten auf den Tisch legen und Tobias schimpft, wie nachlässig sie mit seinem mühevoll erstellten Programm umgegangen ist. Sie arbeiten den ganzen Tag gemeinsam einige Punkte ab. „Tut mir leid Tobias, aber allein macht es keinen Spaß, von Steinhaufen zu Steinhaufen zu laufen und irgendwelche Gedenktafeln zu lesen." - „Steinhaufen? Wie respektlos redest du von den architektonischen Meilensteinen unserer Zivilisation!" - „Egal, wie du sie nennst, Steinhaufen, Meilensteine, alles irgendwie totes Gestein. Da kann ich mit den Steinen vor meiner Tür mehr anfangen, auch wenn sie nichts mit unserer Zivilisation zu tun haben. Die falteten sich eben nur in Tausenden von Jahren zusammen, aber irgendwie sind sie schöner." - „Ja, okay, mit deinen Bergen können wir natürlich nicht mithalten, aber wenn du willst, steigen wir die - was weiß ich wieviel tausend - Stufen der Katharinenkirche hinauf und von dort oben kannst du sie vermutlich heute sehen, deine Steinhaufen zu Hause."

Für die nächste Woche stellt Tobias ihr die schönsten Biergärten, Parks und Badestellen am Fluss zusammen. Alle Orte, die ihm einfallen, an denen man auch in der Stadt so viel Natur wie möglich haben kann. Er überreicht ihr diese neue Liste mit dem Kommentar: „Ich hoffe, du kannst dir wenigstens ansatzweise vorstellen, welche Mühe es macht, solche Orte, die du auf dem Land überall hast, in der Stadt zu finden. Warum bist du eigentlich hierher gekommen, wenn du sie nun am liebsten nicht sehen möchtest?" Mit dieser Liste kann sie viel mehr anfangen. Von den grünen Oasen der Stadt macht es ihr viel mehr Spaß, wieder in die Zentren des städtischen Chaos vorzudringen.

Mit Max ist sie in dieser Woche drei Mal abends beim Essen und er ist beinahe pünktlich. Einmal lädt er sie sogar in seine Wohnung ein, um selbst zu kochen und ihr seinen liebsten Film auf DVD zu zeigen. Diese Woche hat sie sich lediglich ein Buch gekauft und auch dieses nur zur Hälfte gelesen. Am Freitag präsentiert sie Tobias stolz die markierten Bereiche auf ihrem Stadtplan, in die sie sich vorgewagt hat und die dick eingekreisten Sehenswürdigkeiten, die sie so ganz nebenbei von seiner ersten Liste abgearbeitet hat. „Na bitte", grinst er zufrieden, „aus dir wird noch ein Stadtmensch." - „Ja, und in der nächsten Woche möchte ich alle Museen besuchen, die sich hier zwischen den beiden Flussarmen befinden. Hoffentlich regnet es." - „Moment einmal, dann ist das Festival und da darf es natürlich nicht regnen. Fast alle Veranstaltungen sind im Freien und wenn wir Städter uns nach draußen wagen, dann ist es wohl nicht zu viel verlangt, wenn du auf dem Weg von einem klimatisierten Museum zum nächsten ein paar Tropfen Schweiß vergießt."

Verona bleibt bis zum Festival und länger. Es kommt ihr selbstverständlich vor. Sie hat inzwischen mehr Leute kennengelernt als in ihrem gesamten bisherigen Leben, geht in Tobias Wohnung ein und aus, als ob es ihre eigene ist, lebt in den Tag hinein und genießt es. Es ist auch irgendwie selbstverständlich, als sie die erste Nacht bei Max bleibt. Ihre ersten sexuellen Erfahrungen. Es war aufregend, es war neu und Max war sehr zärtlich. Als er schnell neben ihr einschläft und leise zu schnarchen beginnt, fühlt sie sich einsam wie in ihrem ganzen Leben noch nie und sie lebt schon so lange allein. Dicke Tränen laufen ihr über die Wangen, aber sie versucht leise zu weinen, denn wie hätte sie es erklären sollen, sie versteht es ja selbst nicht.

Am nächsten Morgen versucht Max sie zu überzeugen, für immer in die Stadt zu ziehen. Er arbeitet selbstständig als Finanzberater und kann Unterstützung brauchen. Doch diese Welt erscheint ihr völlig fremd. Auch als er ihr vorschwärmt, wie positiv sich das Lächeln einer Frau bei einem Geschäftsabschluss mit seinen überwiegend männlichen Kunden auswirken würde, kann sie nicht überzeugen. Für sie wäre das Betrug, aber das sagt sie ihm nicht. Sie verspricht darüber nachzudenken und beendet damit das Thema.

Max arbeitet während der nächsten Woche immer sehr lange. Sie treffen sich spät, gehen in seine Wohnung, trinken Wein, der Sex ist schön und Verona beweint ihre Einsamkeit, sobald sie sein leises Schnarchen hört. Wieder kommt sie zu dem Schluss, dass sie komisch ist. Was kann es anderes sein?

Es ist Donnerstag Abend, sie sitzt mit Tobias beim Essen, als ihr klar wird, dass es Zeit ist. „Ich fahre morgen wieder nach Hause", sagt sie und starrt dabei ihr Glas an, als ob irgendetwas im Mineralwasser schwimmen würde. „Was?", antwortet Tobias überrascht. „Weiß das Max schon?" - „Nein, ich weiß es auch erst seit eben. Ich werde ihn morgen früh im Büro anrufen. Ich mag keine langen Abschiede." Dann isst sie fertig, geht in ihr Zimmer und packt. Tobias steht in der Tür seines provisorischen Gästezimmers und sieht zu, wie sie sorgfältig Stück für Stück in einen exakt dafür vorgesehenen Winkel des alten Rucksacks schlichtet. „Hat Max irgendetwas falsch gemacht? Ist er der Grund, warum du so plötzlich gehst?" - „Nein Tobias, da ist alles in Ordnung. Ich war viel länger hier, als ich es vorhatte. Es war schön, ich habe es wirklich sehr genossen und ich danke dir, dass ich so lange bleiben durfte, aber nun ist es höchste Zeit, nach Hause zu kommen. Ich vermisse es, das ist mir eben klar geworden. Ich vermisse mein Zuhause so sehr, dass es wehtut. Es war nur immer zu viel los, um darauf zu achten." - „Ok", nickt Tobias, „das verstehe ich und ich verstehe auch, dass du Max erst morgen kurz vor deiner Abfahrt Bescheid sagen willst, aber er wird es nicht begreifen."

~Die Kapelle~

Als der Zug aus dem Wald fährt und Verona nach so langer Zeit ihr Dorf und ihren Berg sieht, kommt es ihr vor, als könnte sie das erste Mal seit ihrer Abfahrt wieder richtig durchatmen. Es liegt ein zufriedenes Lächeln auf ihren Lippen, als sie auf den vertrauten Straßen wandert und ihre Augen sind sogar etwas feucht. Schnell wischt sie darüber, bevor es eine Träne werden kann. Die Leute, denen sie begegnet, bestürmen sie mit Fragen, wie es denn gewesen ist in der Stadt, aber sie winkt ab und eilt weiter. Jetzt will sie zum Hof hinauf, um auf der Bank vor dem Haus die letzten Sonnenstrahlen zu genießen. Dort sitzt sie, hört die Stille, riecht die frische Luft, spürt den leichten Wind auf der Haut, schließt die Augen und wendet ihr Gesicht der untergehenden Sonne zu. "Schön, nun bin ich wieder zu Hause."

In den nächsten Wochen schildert sie jedem, der sie danach fragt, ihre Erlebnisse in der Stadt. Dass es sehr schön war, aber dass sie froh ist, wieder zu Hause zu sein. Sie wirkt glücklich, überglücklich. Sie kommt oft hinunter und sucht den Kontakt zu den Leuten, plaudert mit allen. Am meisten freut sich Herr Mahlich über ihre Rückkehr. Begeistert erzählt sie ihm einen ganzen Nachmittag lang von den Büchern, die sie in der Stadt gekauft hat, über Autoren, die sie entdeckt hat und von denen sie unbedingt mehr lesen möchte. Die Kunden wundern sich, dass der sonst so zurückhaltende alte Mann mit dem Mädchen ganz hinten neben dem Regal an einem kleinen Tisch sitzt, zwei Tassen mit dampfendem Kaffee und Kekse darauf stehen, Verona mit vor Aufregung geröteten Wangen fast andauernd redet und Herr Mahlich zufrieden lächelnd nickt. Die Leute schütteln die Köpfe, so eine Verwandlung. Die Stadt tat ihr gut. Sie hat endlich den Tod ihrer Eltern überwunden. Sie ist noch jung, ihr Leben fängt erst an. So lebensfroh, wie sich das Mädchen nun zeigt, sieht keiner mehr ein Problem darin, wenn sie allein den Hof bewirtschaftet. Als eine tüchtige junge Frau bezeichnen sie die Älteren, doch die Jüngeren halten sie weiterhin für verrückt und äußerst sonderbar. Jeder von ihnen versucht mit aller Kraft von dem kleinen Dorf fortzukommen. Verona hatte die Gelegenheit, hat den Sprung in die Stadt schon geschafft, kommt freiwillig zurück und lebt abgeschiedener, als es je einer von ihnen tat. Sie lachen über sie, wenn sie an ihnen vorbeigeht. Nur Theresa hält weiterhin zu ihr und versucht den anderen zu erklären, dass dieses Leben seine schönen Seiten hat, dass Diskotheken und Kinobesuche nicht für jeden wichtig sind.

Langsam kündigt sich im Spätsommer der Nebel an. Zu dieser Jahreszeit liegt er noch im Tal. Oben auf den Bergen scheint weiterhin die Sonne. Sie steht nun tiefer und taucht alles in intensive Farben, als möchte sie mit ihrem Licht der blasser werdenden Natur entgegenwirken. Die nebeligen Täler sehen von oben aus, als ob man sie mit Tonnen von weichen Daunen aufgefüllt hätte, auf denen man herumlaufen kann, hinüber zu den anderen Gipfeln, die rundherum herausragen. Verona sitzt auf der Bank vor ihrem Haus und stellt sich vor, wie weich es an den nackten Füßen wäre und wie kuschelig, wenn sie sich hineinfallen ließe. Es ist wie auf einer Insel in einem Meer voller weißer Gischt. Manchmal winkt sie kindisch den anderen Inseln zu. Diese Tage genießt sie jedes Jahr sehr. Nicht im Traum würde ihr einfallen, jetzt in das graue, triste Tal hinunter zu steigen. Jede Minute, die sie von diesem Schauspiel verpassen würde, wäre verloren für immer.

Die Kühe zupfen die letzten Grashalme von den Weiden. Es wird dieses Jahr nicht mehr nachwachsen, doch sie hat ausreichend Heu bevorratet. Die Hühner streiten sich um die wenigen Insekten, die sich noch nicht verkrochen haben. Der Hahn steht auf einer umgedrehten Holzkiste und blickt stolz und gleichzeitig gelassen auf seine gackernde Schar. Verona arbeitet im Garten. Die Ernte war dieses Jahr sehr ergiebig. Sie kann viel für den Winter einlagern und noch reift das Gemüse bei den milden Temperaturen des beginnenden Herbstes nach. Im Schuppen hängen die getrockneten Kräuter büschelweise von der Decke und es riecht nach Äpfeln. Im Speicher stehen Kisten voller in Sand eingeschlagener Karotten, Rote Beete und Schwarzwurzeln, Körbe mit Kartoffeln, Kohl und Zwiebeln, und in der Speisekammer biegen sich die Regalböden von den Gläsern mit eingewecktem Gemüse und Obst, Marmelade und Säften. Sie war in den letzten Wochen besonders fleißig. Nie hat sie so viel eingeweckt und sie bezweifelt, dass sie das alles innerhalb eines Jahres essen kann. Es machte so viel Spaß und ging gut von der Hand. Es ist hier so viel sinnvoller als in der Stadt. Sie könnte diesen Hof nie verlassen. In der Stadt müsste sie täglich irgendeine Arbeit verrichten, die nichts mit ihrem Dasein zu tun hat, um am Monatsende Geld zu erhalten, das sie für Dinge ausgibt, die allein für ein Stadtleben erforderlich sind. Miete, Bus und Bahn, für Unterhaltung in Kneipen, weil es jedem in seiner einsamen Wohnung unheimlich wird, wenn er weiß, dass rundherum auch Menschen sitzen, die einsam sind, nur wenige Meter entfernt, Wand an Wand. Verona steht im Garten und wendet das Gesicht der Abendsonne zu. Sie schließt die Augen. Hier oben bin ich wirklich allein, aber nie einsam. Ich arbeite für Dinge, die ich unmittelbar zum Leben brauche, ohne Umwege, so klar, verständlich und unbedingt. Ich liebe dieses direkte Leben, es macht Sinn. Es war gut in der Stadt gewesen zu sein und es ist gut, zurück zu sein. Vorher war mir das nicht so bewusst. Nun verstehe ich viel besser, warum meine Eltern hierhergekommen sind, auch wenn alle sagten, dass es nicht rentabel ist. Aber man erkennt eben nicht allein am Bankkonto, was ein Leben wert ist. Verona ist sich sicher, dass hier der beste Platz für sie ist. Zufrieden lächelnd beendet sie die letzten Arbeiten im Garten und freut sich auf das Abendessen und die Lektüre eines Buchs, dass sie vor Jahren das letzte Mal gelesen hat.

Die Hühner stelzen die Stallgasse auf und ab. Es ist zu früh, um sich für die Nacht in die Nester zu kuscheln, aber der Tisch wurde heute eindeutig hier drinnen für sie gedeckt. Verona hat den ganzen Tag jeden Winkel ausgekehrt, alles auf dem Kopf gestellt und dabei Hunderte von Insekten aufgescheucht, die es sich schon für den Winter gemütlich machen wollten. Die Hühner äugten immer und immer wieder herein, doch all der Lärm war ihnen nicht geheuer. Nun ist es ruhig geworden. Verona muss noch die Boxen neu ausstreuen, dann ist der Stall bereit, das Vieh für den langen Winter aufzunehmen. Sie hört das aufgeregte Gackern. Der Hahn versucht die Streitenden auseinanderzuhalten und dabei etwas abzubekommen von den Leckerbissen. Verona wischt sich die Haare aus der Stirn und sieht ihnen zu. Geschafft. Das war die letzte größere Arbeit vor dem Winter. Sie klopft sich den Staub aus den Kleidern, will schon hinüber gehen, um mit einer Tasse Kaffee einen gemütlichen Abend einzuleiten, als ihr Blick in die kleine Werkstatt fällt. Sie atmet tief durch und beginnt auch dort Ordnung zu schaffen. Sie entstaubt das Werkzeug, reinigt Leim- und Fetttöpfe, sortiert die Holzreste und fegt die Spinnweben von Fenster und Decke. Als sie besonders gründlich die Ecken auskehrt, kullert ihr eine kleine Schachtel vor die Füße. „Ach, wie kommst du hinter die Hobelbank? Dich habe ich damals so lange gesucht." Sie öffnet sie und lächelt, zieht vorsichtig die kleinen Bilder heraus, die sie als Kind gesammelt hat. Es gab sie zu einem Keksriegel, den sie sich immer von ihrer Mutter gewünscht hat, wenn sie Einkaufen waren. Vermutlich nur wegen der Bilder. Von der Feuchtigkeit sind sie in all den Jahren verkrümmt. Bei dem Versuch, sie auseinanderzurollen, zerfällt das Papier in kleine Stücke. Verona schaut enttäuscht auf das Häufchen Schnipsel, das sie in der Hand hält. Sie lässt sie zu Boden rieseln, kehrt sie nach kurzem Zögern auf die Schaufel und wirft sie mit dem restlichen Kehricht auf den Misthaufen. Es ist viel zu dunkel, um ihrer Kindheit in Form dieser Schnipsel lange nachzutrauern, außerdem wird ihr gerade leicht schwindelig.

Ein deutliches Zeichen, dass es höchste Zeit ist, die Arbeit zu beenden und endlich zu Abend zu essen.

Unaufhaltsam ist der Nebel nun auch hinauf in die Berge gestiegen, und wenn er einmal dort angekommen ist, hält er sich wochenlang. Als Theresa an diesem Nachmittag zum Hof hinauffährt, kann sie kaum die Straße erkennen. Verona steht im Wohnzimmer und starrt zum Fenster hinaus. Theresa begrüßt sie, bekommt aber keine Antwort. Sie stellt sich daneben und fixiert auch die undurchdringliche weiße Wand. „Das ist eine Suppe." Keine Antwort. Theresa sieht sie besorgt von der Seite an. Ihre Freundin scheint in ihren Gedanken weit weg zu sein, aber dann lächelt sie plötzlich und blickt kurz zu ihr, bevor sie wieder in den Nebel starrt. „Früher, als ich ein Kind war, konnte ich den Nebel nicht leiden. Es machte mir Angst, wenn ich weder den Wald noch die Wiese vor dem Haus sehen konnte. Ich war dann überzeugt, dass sich unser Haus losgerissen hat, wie ein Boot von einem Steg und durch das Nichts treibt, ohne Aussicht, je wieder zu unserem Berg und der Wiese zurückzukommen. Als ich wieder einmal so beunruhigt aus dem Fenster sah, in der Hoffnung, vielleicht das Ufer unserer Heimat wieder zu finden, hat sich meine Mutter neben mich gestellt und ihre Hand ganz leicht auf meinen Kopf gelegt. Sie erzählte, dass sie es jeden Herbst kaum erwarten kann, bis die Nebelpferde an unserem Hof vorbeiziehen auf ihrem Weg zu den Winterweiden. Sie fragte, ob ich sie sehen kann, die vielen weißen Pferde, groß und kräftig und die kleinen Fohlen dazwischen. Zum Ende des Winters kehren sie zurück und die Fohlen sind dann schon groß. Ich habe lange im Nebel gesucht und nichts gesehen, aber irgendwann ist es mir gelungen und von da an hatte ich niemals wieder Angst vor dem Nebel, denn ich wusste, dass ich eines Tages mit ihnen gehen werde, wenn sie es erlauben, um zu sehen, wo sie den Winter verbringen und im Frühjahr an unserem Hof vorbei auf ihre Sommerweiden. Ich stellte mir vor, dass ich von Weitem meine Mutter vor dem Haus stehen und winken sehen würde, dass sie einen Beutel mit belegten Broten vorbereitet hätte, den sie mir in die Hand drücken würde. Nun ist keiner mehr da, der mich mit Proviant versorgt. Als ich aus der Stadt zurückkam, habe ich einen kurzen Augenblick damit gerechnet, dass meine Eltern zur Begrüßung vor der Tür stehen würden. Aber da stand natürlich niemand. Nachts ist das Haus kalt und leer, irgendwie bedrohlich, als ob während meiner Abwesenheit etwas eingezogen ist. Es kriecht aus der Nacht heraus und wagt sich immer weiter in den Abend hinein. Lauert manchmal am helllichten Tag hinter den Türen und Schränken. Wie ein unerwünschter Gast, der mich beobachtet, der nicht erwartet hat, dass ich zurückkomme. Der das Haus schon als das seine betrachtet und ich weiß nicht, wie ich ihn wieder loswerde." Die letzten Sätze flüstert Verona, als hätte sie Angst, sie würden belauscht werden. Theresa hört die Worte kaum noch. Sie kann nicht glauben, dass das die gleiche Person ist, die so euphorisch aus der Stadt zurückgekehrt ist. Der Nebel macht aber auch jeden depressiv. Sie legt ihren Arm um Veronas Schultern. „Komm, ich mache uns einen starken Kaffee, ich habe heute frisch gerösteten aus Meinbach mitgebracht, der muntert dich wieder auf."

Als sie anfangen, den Kaffee mit Likör anzureichern, hellt sich die Stimmung der beiden auf. Theresa ruft bei ihren Eltern an, dass sie hier übernachten wird. Dann suchen sie in der Speisekammer drei Flaschen Wein aus, die sie zu und nach dem Abendessen trinken wollen. Es sollte eine Vorauswahl sein und später wollten sie sich entscheiden, welche sie davon trinken. Doch schon während sie kochen, ist die erste Flasche fast leer. Die Stunden vergehen mit Geschichten aus ihrer Kindheit. Schulstreiche, Ungeschicklichkeiten und kleinen Verliebtheiten. Vieles hatten sie sich bisher sogar gegenseitig verschwiegen. Als Theresa die dritte Flasche öffnet, ist es fast Mitternacht. Plötzlich packt sie Verona am Arm. Schwankend steht sie auf, ergreift ihr Glas und lallt: „Komm Verona, wir werden ihn vertreiben." - „Was, wen vertreiben wir?" Verona sieht sich nicht mehr in der Lage, den Gedankengängen ihrer Freundin zu folgen. „Es ist doch keiner da." - „Na klar ist einer da. Ich spüre ihn auch, deinen geheimen Gast." Bei diesen Worten sucht sie mit rollenden Augen den Raum ab, wirft Verona einen verschwörerischen Blick zu und schwankt aus der Küche. „Hier ist er nicht, aber wir werden ihn finden." Theresa dreht sich um und sieht Verona herausfordernd an. „Alles klar, Boss!" antwortet die und zieht sich an der Tischkante hoch. Nun steigen sie die Treppe zum Obergeschoß hinauf und fangen an, erst schleichend, dann mit immer dominanteren Schritten den imaginären Gast zu jagen. Sie brüllen in jede Stube, bevor sie sie betreten, um ihm eine faire Chance zu geben, schalten anschließend schnell das Licht ein und durchforsten jeden Winkel. Wieder unten an den Stufen angekommen, verschnaufen sie. Da rennt Theresa zur Haustür, reißt sie auf und meint zu Verona gewandt: „Nur für den Fall, dass er fliehen möchte." Zimmer für Zimmer durchwandern sie und wedeln mit lautem Gezeter den bösen Geist hinaus, laufen dann beide zur Tür und brüllen ihre Verwünschungen in den Nebel hinaus, damit er sich ja nicht mehr zurück wagt. Beide lauschen in die dunkle Nacht. Ihr Atem produziert neuen Nebel. Kein Laut. Absolute, nebelkonservierte Stille. „Den hätten wir los", sagt Theresa und sieht Verona triumphierend an. „Und trau dich ja nicht mehr hierher zurück. Das Haus hat schon eine Bewohnerin. Hörst du?" Die gebrüllten Worte werden vom Nebel geschluckt, als ob er mit dem ungebetenen Gast im Bunde steht. Sie blickt zu Verona. Diese schaut sie an, dann in den Nebel und zurück zu ihrer Freundin. Sie nickt zögernd, legt ihren Arm um Theresa, sieht sie lange an und sagt: „Danke. Danke, dass es dich gibt."

Veronas Besuche im Dorf werden seltener, das ist jeden Winter so und nicht ungewöhnlich. Ihre Eltern hielten es so und es ist vernünftig, sich rechtzeitig im Herbst mit allem Nötigen einzudecken, denn der Weg hinunter wird bei nassem Wetter sehr unangenehm und wenn einmal eine dicke Schneedecke liegt, ist der Abstieg beschwerlich. Als Kind empfand sie es als Abenteuer oder eben als unausweichlich. Heute geht sie nur hinunter, wenn es unbedingt sein muss. Das Vieh steht zu dieser Jahreszeit im Stall oder im Auslauf gleich am Haus und auch sonst versucht sie alles so dicht wie möglich um sich zu scharren. Nur an besonders sonnigen Wintertagen läuft sie ein Stück durch den hohen

Schnee - wie früher -, um Spuren zu hinterlassen, wie sie es nennt.

An den dunklen Nachmittagen kuschelt sie sich zum warmen Kachelofen und erledigt kleinere Arbeiten, die während des Sommers liegen bleiben. Auf der Truhe neben dem Kamin, in der schon ihre Mutter die Nähutensilien aufbewahrte, stapeln sich hoch die Kleidungsstücke, die nach irgendeiner Reparatur verlangen. Wie jedes Jahr. Nun hat sie Zeit. Nachdem alle Näharbeiten erledigt sind, will sie die gesamte Truhe ausräumen und den Inhalt ordnen. Als ihr der Lederbeutel mit den Knöpfen in die Hand fällt, erinnert sie sich an ihren ersten Versuch, einen Knopf anzunähen. Sie hat es sich bei ihrer Mutter sehr oft und genau angesehen und war sich sicher, es allein zu können. Alles verlief bestens. Als sie fertig war und ihr Werk stolz zeigen wollte, musste sie feststellen, dass sie nicht nur den Knopf, sondern auch das Kleid, das sie trug, mit angenäht hatte. Ihr war zum Heulen und ihre Mutter hat gelacht. Da fing sie wirklich an zu weinen. Ihre Mutter half ihr, das Kleid vorsichtig zu befreien und hat dann mit ein paar schnellen Stichen auf dieselbe Stelle am Kleid mit roter Wolle ein lachendes Gesicht gestickt. Wo war dieses Kleid nur hingekommen?

Verona hat sich aus der Stadt einen großen Zeichenblock mitgebracht mit Pinseln und Farben. Bei einem Bummel durch eine Künstlerabteilung in einem der riesigen Kaufhäuser ist ihr plötzlich der Gedanke gekommen, dass sie es versuchen könnte, obwohl sie keine Ahnung hat, ob sie Talent dazu besitzt. Nach ihrer Rückkehr stellte sie die Tüte hinter ihren Schlafzimmerschrank und vergaß sie dort. Es ist Zufall, dass sie beim Putzen wieder darauf stößt. Sie lässt den Putzlappen auf der Bettkante liegen und zieht den Inhalt aus der großen Plastiktüte, breitet alles auf dem Dielenboden aus und sitzt lange nachdenklich davor. Plötzlich ergreift sie den Zeichenblock, springt auf und durchsucht damit, als ob sie ihn zum Maßnehmen benötigt, das Haus nach einem geeigneten Raum für ihr Atelier. Ein richtiger Künstler braucht ein Atelier, denkt sie. Das Haus ist groß, aber viel Auswahl hat sie trotzdem nicht. Der Speicher ist leer, nur die paar Kisten und Körbe mit Gemüse stehen hier oben und Wäscheleinen sind gespannt. Aber außer dem spärlichen Licht durch zwei kleine Dachluken und einer schwachen Glühbirne, die an ihrer Fassung spartanisch von einem Balken baumelt, ist es dunkel. Verona geht wieder eine Etage tiefer. Im Erdgeschoß sind alle Räume belegt, Küche, Speisekammer, Bad, Wohnzimmer und die winzige Abstellkammer kommt nicht infrage. Hier im oberen Stockwerk gibt es neben ihrem Schlafzimmer und dem ihrer Eltern eine Kammer, in dem allerlei Dinge stehen, die sonst nirgendwo Platz gefunden haben. Verona kümmerte sich bisher nicht darum, hat nur auch alles hineingestellt, was sie nicht brauchen konnte. Sie schiebt die vielen Kleinigkeiten, die sich im Laufe der Zeit dort auf dem Tisch einfanden, zusammen und legt ihren Zeichenblock dazu. Als sie sich umsieht, atmet sie tief durch. Hier türmen sich die Kartons bis an die Decke und der Schrank ist ohne ersichtliche Ordnung vollgestopft. Babysachen oder Kleidung ihrer Eltern, die selten gebraucht wurde. Alte Decken, Vorhänge, Tisch- und Bettwäsche von allen Generationen der Brandhubers zusammengetragen. Kleine Möbel und Geräte, von denen sie nicht die leiseste Ahnung hat, wofür man sie verwenden könnte. Altes Geschirr und sogar eine Kiste mit hölzernen Dachschindeln findet sie. Sie holt den Rollwagen, mit dem sie sonst die Milchkannen herum schiebt, aus dem Schuppen und fängt an, den gesamten Inhalt dieser Kammer, ihres zukünftigen Ateliers, auf alle anderen Räume, den Stall und den Speicher zu verteilen. Besondere Mühe bereitet ihr der große alte Holzschrank, dessen Wände missmutig ächzen, als sie versucht, ihn vorsichtig auf ihren kleinen Wagen zu kippen. Sie schiebt ihn in das Schlafzimmer ihrer Eltern hinüber und schlichtet dort sorgfältig alles hinein, was sie vermutlich nie mehr in ihrem Leben brauchen wird. Der nebelige Dämmerzustand draußen hält sich den ganzen Tag und so fällt ihr gar nicht auf, dass sie schon Stunden räumt und stöbert. Nun ist ihr neues Atelier endlich leer. Nur der Tisch steht in der Mitte und der Zeichenblock sieht sie von dort herausfordernd an. So soll es sein, denkt sie, aber noch ist sie nicht zufrieden. Sie holt einen Eimer Farbe aus dem Schuppen und streicht die Wände, da sich um jeden Gegenstand, der vorher an der Mauer lehnte, in all den Jahren ein Schatten gebildet hat, den die Dinge leider vergaßen, mitzunehmen. Völlig erschöpft, aber zufrieden fällt sie weit nach Mitternacht in ihr Bett und schläft sofort ein. In der Nacht träumt sie von den hellgrauen Schatten, die die weißen Pferde im Nebel hinterlassen.

Nachdem sie am nächsten Morgen ihre täglichen Pflichten im Stall erledigt hat, sitzt sie am Frühstückstisch und denkt nach, was sie für ihr Atelier noch brauchen wird. Eine Staffelei ist unbedingt nötig. In einer

Hand hält sie das Marmeladenbrot, mit der anderen malt sie eifrig Skizzen, überlegt hin und her, wie so etwas aussieht und wie sie es mit den Holzresten realisieren kann, die im Stall liegen. Am späten Nachmittag steht in dem leeren Zimmer neben dem Tisch eine Staffelei, die allerdings viel zu groß für den Zeichenblock ist. Trotzdem ist Verona sehr zufrieden mit sich. Sorgfältig ordnet sie die Farben und Pinsel auf dem Tisch und sucht einen ausrangierten Blechtopf und ein paar alte Geschirrtücher. Nun könnte es losgehen. Sie steht mit einem Pinsel in der Hand vor der Leinwand. Was soll sie malen? Sie steht da und grübelt. Sie grübelt lange. So lange, bis sie vom Stehen müde wird. Sie holt sich ein paar Decken und kuschelt sich damit in eine Ecke des Raums, starrt die Leinwand an, starrt aus dem Fenster in den Nebel und überlegt. So sitzt sie viele Tage und hat das Überlegen längst vergessen. Neben ihren Decken stapeln sich einige Bücher und sie liest, starrt aus dem Fenster, liest und zwischendurch streift sie immer wieder den Zeichenblock mit einem kurzen Blick.

Einmal steht sie auf, stellt sich vor die Leinwand und sucht sie Zentimeter für Zentimeter mit ihren Augen ab. Nichts geschieht. Anscheinend fehlt ihr jegliche kreative Ader. Doch die Farben hat sie gekauft und irgendetwas muss sie damit machen. Sie greift zu der dünnen Holzplatte, die sie sich zum Mischen zurechtgelegt hat, drückt aus einigen Tuben einen Klecks darauf und fängt an, die Kleckse mit dem Pinsel breit zu streichen. Drückt mehr Farbe darauf, streicht sie wieder breit, streicht in unterschiedliche Richtungen, lässt sie ineinander verlaufen, übermalt und setzt Konturen, und als sie sich die Platte nach einiger Zeit ansieht, beschließt sie, dass das ihr erstes Bild sein soll. Verona stellt den Zeichenblock beiseite und platziert es auf der Staffelei. Sie betrachtet es lange, setzt einige Farbstriche dazu und befindet es als vorläufig vollendet. Verona ist richtig stolz und durchstöbert am selben Abend den Stall nach weiteren Holzplatten. Eine ganze Menge kommt da zusammen und als alle entstaubt und abgeschliffen sind, sehen sie noch gut aus. Kein Format gleicht dem anderen, an manchen sind Aussparungen herausgeschnitten, aber Verona empfindet gerade das als besonders reizvoll.

Am nächsten Tag kommt ihr ihr erstes Bild um vieles faszinierender vor. Sie lehnt es gegen die helle Wand, setzt sich gegenüber auf den Boden und versinkt in der Betrachtung ihres Werks. Dies tut sie in den nächsten Tagen oft und lange. Immer wieder steht sie auf, tupft den Pinsel in eine Farbe und verändert die eine oder andere Stelle, bis sie überzeugt ist, dass das Bild nun endgültig fertig ist. Dann beginnt sie die nächste Holzplatte zu bemalen. Eine nach der anderen wird zum Kunstwerk und sie reihen sich an der Wand entlang. Bald sind die Farben verbraucht und sie überlegt fieberhaft, wo sie neue beschaffen kann.

Herr Mahlich staunt, als sie an einem verregneten Wintertag in seinen Laden tritt und ihm eine der leeren Farbtuben unter die Nase hält wie ein Kind das zerbrochene Lieblingsspielzeug. Als ob sie hungrig um ein Stück Brot bitten würde, fragt sie, ob er diese Farben besorgen kann. Es kommt ihm so vor, als würde das kleine Mädchen vor ihm stehen, das nach der Schule hereinkam, um sich ein paar Karamellbonbons für den Nachhauseweg zu kaufen. Sie hatte damals immer sehr genaue Vorstellungen, welches der in Papier eingewickelten Bonbons sie wollte. Für ihn sahen alle gleich aus, für Verona schien jedes einen eigenen Charakter zu haben. Er lächelt bei dem Gedanken und betrachtet die kleinen Pfützen, die sich um die junge Frau bilden. Sie bemerkt es nicht, stellt ihren Rucksack auf dem Boden ab und sucht nach den restlichen leeren Farbtuben, die sie alle eingesteckt hat. Sie reicht sie Herrn Mahlich hinauf und wieder sieht dieser den Blick des kleinen Mädchens, das unbedingt dieses Bonbon braucht. Er verspricht ihr, bei seinen Großhändlern nachzufragen und versichert, dass er die Farben bestimmt beschaffen kann.

In der darauffolgenden Woche verlässt Verona den Laden mit zwanzig extragroßen Farbtuben und dem guten Gefühl, dass sie den ganzen Winter reichen werden. Zu Hause nimmt sie sich nicht einmal die Zeit, Schuhe und Jacke auszuziehen. Auf dem Weg in das obere Stockwerk hinterlässt sie eine Spur Wassertropfen und schlammige Abdrücke ihrer groben Schuhsohlen. Sie achtet nicht darauf. Im Atelier setzt sie den Rucksack auf dem Boden ab, holt alle neuen Farbtuben heraus und ordnet sie auf dem inzwischen farbverschmierten Tisch. Sie sieht sich um und ein Gefühl überkommt sie, als hätte sie nun wieder eine Familie. Jedes Bild ist ihr so vertraut. Sie kennt alle seine Stärken und Schwächen, kann sagen, woher ein Lichtstrahl kommt und weiß von den Geheimnissen, die hinter den Schatten liegen. Wie an Geschwistern sind ihr die dunklen Seiten ebenso lieb wie die hellen.

Als sie während der in diesem Jahr sehr kurzen, nebelfreien Wintersaison einmal ihr Atelier betritt, sieht sie, wie ein dünner Sonnenstrahl die Kammer in zwei Hälften teilt. Staubkörner tanzen den Lichtpfad hinab. Sie bleibt wie versteinert an der Tür stehen und betrachtet den Raum mit diesem neuen, flüchtigen Schmuck. Oben hell und gut, unten dunkel und schlecht. Sie nimmt einen Pinsel, taucht ihn in das farbige Wasser vom Vortag und fixiert die Aufteilung des Sonnenstrahls auf der Wand. Oben hell und gut, unten dunkel und schlecht. Die obere Hälfte erstrahlt in einem so fantastischen Licht, dass sie von nun an den Raum als ihre Kapelle bezeichnet.

Wie eine Besessene malt Verona weiter. Die Holzplatten sind bald verbraucht und so fängt sie an, die Wände zu bemalen. Oben hell und gut, unten dunkel und schlecht. Bisher hat sie diesen Raum keinem gezeigt. Außer Theresa kommt ohnehin niemand herauf, aber auch bei ihrer Freundin ist ihr der Gedanke unangenehm, sie könnte hier hereinkommen. Sie hat Angst, es würde den Zauber brechen, der alles einschließt. Er reicht ohnehin nur bis zur Tür und Verona verschließt sie jedes Mal hinter sich, aus Sorge, etwas könnte womöglich entweichen. Aber es ist auch die vage Vorahnung, sie würde wieder einmal auf Ablehnung und Unverständnis stoßen oder sie müsste Erklärungen, müsste Worte finden, wofür es nur Farben gibt. Verona glaubt ihre neue Familie vor allem - auch vor anderen Blicken - beschützen zu müssen. Dieses Mal wird sie sie nicht wieder verlieren.

Inzwischen kommt sie oft zum Lesen in die Kammer, obwohl es im Wohnzimmer viel bequemer wäre. Auch gibt es für die oberen Räume keine Heizung und da die Tür immer geschlossen ist, kann keine Wärme vom Kachelofen heraufsteigen. Manchmal sieht Verona den weißen Nebel ihres Atems. Sie sitzt auf dem Boden, zündet, wenn es dunkel wird, unzählige Kerzen an und betrachtet die Bilder, die sie gemalt hat und in den flackernden Flammen offenbaren sich die, die sie noch malen will, soll, muss. In diesem Raum versammeln sich nun all ihre Gedanken, die gedachten und die ungedachten. Sie steigen auf wie Rauchsäulen über den Kerzen oder wie der Nebel aus ihrem Mund. Hängen oft stundenlang an einer Stelle, blähen sich auf, ziehen sich zu kleinen weißen Punkten zusammen, wallen auf wie Farbe im warmen Wasser oder wirbeln durcheinander. Das Treiben macht Verona Angst, aber wenn sie unbeweglich in ihrer Ecke sitzen bleibt und sich irgendwann überzeugt hat, dass es nur ihre eigenen Gedanken sind, die ihr nichts antun würden, dann wird das Wirbeln erträglicher, wie das sanfte Schaukeln, mit dem eine Mutter ihr Kind beruhigt. Und immer, wenn sie sich endlich besonders geborgen fühlt, schrumpft sie zusammen, bis auf die Größe einer winzigen Ameise, die mit staunenden Augen den nun riesigen Raum betrachtet. Dann verzerrt sich um sie herum alles und die Bilder grinsen sie höhnisch an. Diese Veränderung kündigt sich mit einem Sausen im Kopf an, wie wenn man an zwei gegenüberliegenden Seiten eines Hauses die Fenster aufmacht. Verona versucht sich noch kleiner zu machen, am liebsten würde sie unsichtbar werden. Doch die Bedrohung, die in diesem Moment über ihr hängt wie ein mächtiges Schwert am seidenen Faden, ist auch unsichtbar und vermutlich würde sie ihr in der unsichtbaren Welt noch realer begegnen. Es macht keinen Sinn, die Augen zu schließen. Sie sieht die berghohen Wände auch dann auf sich einstürzen. Verona krümmt sich auf dem Boden zusammen und fleht stumm um Vergebung, wiederholt monoton immer und immer wieder einen Satz: „Wir gehören doch zusammen. Wir gehören doch zusammen." Ihre Stimme wird lauter und schriller. Sie muss den Sturm übertönen. Sie brüllt es heraus, so laut, dass ihr vor Anstrengung schwindelig wird. Irgendwann verlassen sie die Geister wieder und sie bittet inständig, dass sie für immer fortbleiben. Stundenlang wagt sie nicht, sich zu bewegen. Die Angst umgibt sie wie ein enges, dorniges Gestrüpp.

Die Anfälle kommen immer öfter. Nur abends, wenn sie sich auf einen entspannten Ausklang des Tages freut. Mit der Zeit gewöhnt sie sich daran, rollt sich zusammen, verkriecht sich zwischen ihren Knien und wartet geduldig, bis alles vorbei ist. Einmal hat sie sich überlegt, den Raum einfach nicht mehr zu betreten und die Geister für immer dort einzusperren, aber so leicht ist ihnen nicht zu entkommen. Dann besuchen sie sie in ihrem Schlafzimmer, kurz bevor sie einschläft. Und in dem Zimmer mit der alten, dunklen Holzvertäfelung kommt ihr der Besuch um vieles schlimmer vor. So betritt sie gehorsam jeden Abend ihre Kapelle und wartet. Manchmal schläft sie auf dem harten Boden ein, ohne dass etwas geschieht und fühlt sich trotzdem völlig erschöpft, wenn sie mitten in der Nacht erwacht und sich in ihr Bett schleppt.

Veronas Leben verändert sich durch diese Vorkommnisse, doch sie nimmt es als natürlichen Entwicklungsprozess hin. Es sind kurze Ausflüge in eine neue unbekannte Welt. Hat sie sich das nicht immer gewünscht? Vielleicht ist nur die erste Annäherung etwas schmerzlich? Ein dunkler Tunnel, durch den sie hindurchmuss. Eine Phase der Gewöhnung oder Anpassung, wie wenn sie versuchen würde, unter Wasser zu leben und sich die Lungen nur allmählich zu Kiemen umwandeln und wenn sie dort plötzlich wieder atmen kann, wird sie es vermutlich erst gar nicht merken, so selbstverständlich ist es. Sie ist fest davon überzeugt, dass jeder Mensch solche Erfahrungen macht oder gemacht hat, aber dass sie zu intim sind, um mit anderen darüber zu reden. Sie ist sich absolut sicher, dass es für jeden eine andere, eine ganz eigene Welt gibt und sie wäre gar nicht im Stande, diese Erlebnisse jemanden mitzuteilen, sowie das auch alle anderen nicht können. So malt sie weiter ihre Bilder, erträgt den Kontakt zu ihren Gedanken - den schönen, wie den wirren - und zelebriert jeden Abend aufs Neue wie ein rituelles Fest zur Initiierung.

Als Theresa an diesem Spätnachmittag zum Hof hinaufkommt und aus dem Auto steigt, dringt ihr unüberhörbar Rachmaninows Klaviermusik entgegen. Verona ist in fortgeschrittener Nebelstimmung, wie sie es nennt. Sie versucht es mit Humor zu nehmen, mag das aber überhaupt nicht. Ihre Freundin ist dann nur schwer erreichbar, abgedriftet in eine andere Welt, scheint zu schweben wie ein Luftballon, der sanft an der Realität abprallt. In diesem Winter war es besonders schlimm. Der Nebel hielt sich hartnäckig und die erholsame, klare Periode dazwischen dauerte nur ein oder zwei Wochen. Nun ist es fast Mai und der Nebel will einfach nicht weiterziehen. Aber bald wird er verschwinden. Theresa wünscht es sich, denn Verona hat den Sommer dieses Mal besonders nötig. Die Sonne würde ihre trübe Stimmung vertreiben.

Seit Verona in der Klassiksammlung ihrer Eltern ihre Lieblingsstücke gefunden hat, sind ihre Stimmungen weithin zu hören. Vielleicht soll das sogar eine bewusste Warnung sein, besser fern zu bleiben. Aber Theresa fühlt sich gerade deswegen stärker verpflichtet, den Kontakt aufrecht zu halten. Sie macht sich ernsthaft Sorgen, doch bisher konnte sich ihre Freundin immer innerhalb weniger Minuten auf ihre unangekündigten Besuche einstellen. Wie eine Figur, die zwei oder mehrere Gesichter am Kopf hat und sich einfach nur um einige Grade drehen muss. An manchen Tagen fragt sie sich, wo Verona hingeflogen wäre, wenn sie nicht zufällig gekommen wäre, und manchmal ist sie sich nicht sicher, ob sie sie mit ihren Besuchen vor Schlimmeren bewahrt oder ob sie ihr nicht bei etwas Wunderbarem im Weg steht.

Heute ist es nicht so schlimm. Sie spielt nur Rachmaninow. Inzwischen kennt sich Theresa in Veronas Spektrum der klassischen Musik aus. Schlimmer ist es, wenn sie in der, wie Theresa es nennt, totalen Nebelstimmung versunken ist. Dann spielt sie einen gewissen Arvo Pärt, von dem Theresa vorher nie gehört hat. Dieser Komponist hat ein Totenlied für einen anderen Komponisten geschrieben und bei der Erinnerung, wie das erste Mal die Totenglocken aus diesem Stück durch den Nebel dröhnten, läuft ihr ein kalter Schauer über den Rücken.

Die Tür ist wie immer unverschlossen. Es ist schon sehr dunkel im Haus, doch nirgendwo brennt Licht. Aus dem Bad kommt ein schwacher Schimmer. Theresa geht leise zur Tür. Verona liegt mit geschlossenen Augen in der Wanne. „Verona?" Die rührt sich nicht. „Verona?", sagt Theresa etwas lauter. Die Augenlider klappen auf und Verona starrt mit unbeweglicher Miene an die Decke, als würde dort die Person hängen, zu der die Stimme gehört. „Verona?" wiederholt Theresa. Die Freundin dreht ihr den Kopf entgegen und wie das Bild in einem Diaprojektor wechselt ihr Gesichtsausdruck. „Hallo Theresa, schön, dich zu sehen." Das Lächeln, dass Theresa plötzlich entgegen strahlt, lässt ihre Sorge sofort verblassen. Sie zeigt den Teller, den sie in der Hand hält. „Mama hat uns Kirschkuchen mitgegeben. Heute frisch gebacken." - „Oh lecker. Hast du Lust, schon einmal Kaffee zu kochen. Ich komme gleich." - „Na klar, lass dir ruhig Zeit." Theresa kennt sich im Haus aus. Es ist ihr zweites Zuhause. Früher, als junges Mädchen, ist sie oft nach der Schule heraufgekommen, wenn ihr der Stress zu Hause zu groß wurde. Veronas Mutter war anders. Sie versuchte sich nicht überall einzumischen und alles aus ihnen herauszuquetschen. Heute sieht es Theresa anders. Sie findet immer noch, dass sich ihre Mutter zu viel einmischt, aber sie ist in der Lage, es als Sorge zu erkennen. Ihre Mutter macht sich um alles Sorgen. Um ihre eigene Tochter und natürlich um Verona, die sie auch als ihr Kind betrachtet. Veronas Mutter dagegen war immer abwesend und ihre Tochter wird ihr anscheinend ähnlich oder ist das die ganz normale Stimmung, in die jeder verfällt, der längere Zeit so abgeschieden lebt?

„Hast du niemals darüber nachgedacht, den Hof aufzugeben und ins Dorf oder sogar in die Stadt zu ziehen?
Es gefiel dir doch gut." - „Ja, habe ich." Theresa erschrickt. Sie hat sehr laut gesprochen, damit es ihre
Freundin im Bad hören kann, aber Verona steht schon
neben ihr und trocknet sich die Haare. „Und meine
Überlegungen ergaben, dass ich nirgendwo anders sein
möchte." - „Aber der Hof wirft nicht viel ab. Gerade dass
du davon leben kannst und manchmal ein bisschen
mehr. Hast du nie daran gedacht, in den Urlaub zu fahren oder dir ein Auto zu kaufen oder einen Fernseher
oder so etwas?" - „Was soll ich damit? Ich vermisse
nichts davon. In der Stadt hätte ich mich an all das sicher gewöhnen können und wäre bald überzeugt gewesen, dass ich es unbedingt brauche, aber hier erscheint
das so lächerlich. Keine Angst, ich habe, was ich brauche und für den Fall, dass es einmal etwas Besonderes
sein soll, legten meine Eltern und ich regelmäßig etwas
beiseite. Ich komme zurecht. Ich bin nicht sehr an-
spruchsvoll. Nur dieser Kuchen, der duftet so lecker,
dieser Luxus muss jetzt sein." Verona stellt zwei Tassen
auf den Tisch und beugt sich schnüffelnd über den Teller.

Als sie zusammen am Tisch sitzen, sieht Theresa
Verona über den Rand ihrer Tasse nachdenklich an.
„Was ist eigentlich aus dem Typen geworden, den du in
der Stadt kennengelernt hast? Habt ihr noch Kontakt?" -
„Er rief ein paar Mal an, aber irgendwann wussten wir
nicht mehr, was wir uns erzählen sollen. Jetzt habe ich
lange nichts von ihm gehört." - „Bist du traurig darüber?
Hättest du gerne wieder Kontakt zu ihm?" Verona starrt
in ihre Tasse, als ob sie dort die Antwort auf die Frage

finden würde. „Ich glaube schon. Ich fand ihn sehr nett. Ich fühlte mich meistens wohl in seiner Nähe. Er ist witzig und man konnte sich gut mit ihm unterhalten." - „Liebst du ihn?" - „Ich weiß nicht. Was ist Liebe? Ich hätte ihn gerne um mich, nur ich vermute, dass ich dazu zurück in die Stadt müsste. Ihm würde nie einfallen, hierher zu kommen. Gut, ich wüsste auch nicht, was er hier tun sollte. Die Vorstellung, dies alles einfach so zurücklassen zu müssen ..." Sie macht mit ihrem Arm eine umfassende Bewegung, folgt mit den Augen ihrer Hand, hält kurz inne, seufzt leise und wendet sich wieder Theresa zu. „Außer dir habe ich hier keine Freunde, keine engeren Kontakte. Und der Hof hat keinen äußerlich sichtbaren Wert. Es ist kein besonderes Leben, das ich aufgeben würde. Jeder würde mir raten, die Chance zu ergreifen, mir ein Leben in der Stadt aufzubauen. Es erscheint richtig, ein Schritt in die Normalität, eine gute Entwicklung in eine sichere Zukunft, aber ich kann es nicht. Ich will das nicht aufgeben. Ich weiß nicht, wie ich es erklären soll, in Worte gefasst erscheint es mir so unsinnig. Vielleicht ist es so, dass je unvollkommener etwas ist, desto mehr hängt man daran. Und ich hänge sehr an diesem Leben. Und wenn ich nicht einmal bereit bin, so etwas Unvollkommenes aufzugeben, kann es dann Liebe sein? Wenn es Liebe wäre, wenn es Liebe gewesen wäre, sollte nicht alles andere egal sein? Es müsste ein aufeinander Zubewegen sein, ein freudiges Aufgeben für etwas großes, gemeinsames Neues, aber so war es nie. Ich hatte immer so ein unerklärliches Gefühl, dass ein großer Käfig auf mich herabstürzen würde, sobald ich ihn an mich heranlasse und so nahe er mir auch gewesen sein mag, er würde auf jeden Fall auf der anderen Seite des Gitters stehen. Du hast schon mehr Erfahrung. Ist das normal? Muss ich den Käfig akzeptieren, in Erwartung auf das große, gemeinsame Ganze?" - „Du lebst schon lange allein, Verona. Vielleicht musst du dich an die neue Situation erst gewöhnen. Fehlt dir nicht etwas? Fühlst du dich nicht einsam hier oben?" - „Als ich zurückkam, habe ich die Ruhe richtig genossen. Ich mag sie, aber manchmal fehlt mir die Stadt. Dieses ungezwungene, unkomplizierte aufeinander Zugehen. Du gehst zu deiner Wohnungstür hinaus und das Abenteuer geht los. Aber es ist nur ein Film, der vor dir abläuft. Auch wenn du ganz dicht danebenstehst, mitlachst, mitläufst, es wird niemals dein eigenes Abenteuer werden. Und das Schlimme dabei ist, dass du schnell vergisst, dass es nicht dein Leben ist und wenn es dir wieder einfällt, wenn der Film reißt oder der Strom in diesem großen Kino ausfällt, dann erschrickst du vor dem, was du siehst, so fremd bist du dir geworden und du wirst alles tun, damit der Film weiterläuft. Max würde niemals hier leben wollen, mein Film wäre ihm viel zu langweilig. Er würde mir das sagen und das würde mir sehr wehtun."

Theresa ist beunruhigt, als sie hinunterfährt. Verona entfernt sich. Nicht unbedingt von ihr, sie reden beide wie früher offen miteinander, aber sie ist sich nicht sicher, ob sie versteht, was ihre Freundin sagt. Von Weitem klingt es wie ihre gemeinsame Muttersprache, aber manchmal kommt es ihr vor, als würde sie die Worte nicht richtig deuten. Immer wenn sich Veronas Haustür hinter ihr schließt, beschleicht sie die Angst, dass sie etwas Wichtiges zwischen den Worten überhört hat.

Der Sommer verbessert Veronas Stimmung. Fast will Theresa glauben, dass wieder alles in Ordnung ist, dass es nur an dem lang andauernden Nebel gelegen hat. Während dieser Sommermonate kann sie ihre Freundin trotz der vielen Arbeit auf dem Hof oft dazu überreden, mit ihr nach Meinbach zu fahren. Sie will, dass Verona wieder Neues sieht, dass sie vielleicht in ihrer kleinen Kreisstadt ein bisschen von dem euphorischen Gefühl einfangen kann, das sie aus der Metropole mitgebracht hat. Das ist natürlich eine bescheidene Hoffnung, denn Meinbach ist nur ein größeres Dorf. Theresa zerrt sie in jeden Laden, kann sie allerdings nie dazu bringen, sich etwas Schickes zu gönnen. Verona findet alles immer nett, denkt aber beim Einkaufen viel zu nüchtern. Wann könnte sie dies oder das tragen? Den ganzen Sommer versucht Theresa sie davon zu überzeugen, dass man nicht unbedingt kauft, weil man es braucht, sondern weil etwas schön ist, weil es gut tut, es zu Hause in den Kleiderschrank zu hängen, es immer wieder einmal hervorzuziehen und anzusehen und irgendwann findet sich eine Gelegenheit, es anzuziehen. Theresa jauchzt triumphierend, als Verona zielstrebig in einem Schuhgeschäft verschwindet, aber anstatt sich etwas Nettes zu suchen, interessiert sie sich nur für neue Bergschuhe. Theresa seufzt resigniert und ersteht währenddessen zwei Paar todschicke Pumps und muss trotzdem warten, bis sich Verona ausreichend beraten fühlt, um sich für klobige, lederne Schuhe in langweiligem Braun zu entscheiden, wo es seit langen die modernen farbenfrohen Varianten gibt. Sie schüttelt den Kopf, während Verona total begeistert ist und die Errungenschaft gar nicht mehr auszieht. Die alten wirft sie in einen Container für gebrauchte Schuhe, der vor dem Geschäft steht, bevor Theresa es verhindern kann. Der Gedanke ist ihr äußerst peinlich, dass die Angestellten des Ladens die löcherigen Schuhe herausholen und sich erinnern, wer sie dort hineingeworfen hat. Beim anschließenden Kaffee in einer Konditorei streiten sich die beiden lange, ob die alten Bergschuhe gut genug zur Wiederverwertung sind oder ob man sie besser auf einem Acker begraben und die Entscheidung damit den Würmern überlassen hätte.

Ansonsten sind ihre sommerlichen Themen zu Theresas großer Freude sehr viel heiterer und bald ist der letzte Winter vergessen. Verona ist auch die ganzen Monate wie jedes Jahr zu beschäftigt. Auf längeren Wanderungen zu den Hochweiden oder um ihr verkauftes Vieh zu den neuen Höfen zu bringen, hätte sie die Möglichkeit gehabt, ins Grübeln zu kommen, tut es aber nicht. Sie genießt die Sonnenstrahlen auf der Haut, atmet die warme und doch frische Luft, saugt den sommerlichen Blütenduft ein. Es gibt gar keine Möglichkeit, trübsinnig zu werden. Sie empfand es auch nie als Trübsinn. Für sie sind es notwendige Überlegungen, um entscheiden zu können, wie es weitergehen soll.

Sie ist auch viel zu beschäftigt, um sich in ihrem Atelier aufzuhalten. Einmal trug sie die Staffelei hinaus ins Freie, um die wunderbare Sommerlandschaft zu malen, ein zweites Mal, um die viel prächtigeren Herbstfarben einzufangen, aber beide Male gab sie auf, da sie nie einen Anfang fand. Sie sieht in unregelmäßigen Abständen in den Raum hinein, ob alles in Ordnung ist, wischt den Staub von den Bildern und unterhält sich mit ihnen dabei, entschuldigt sich für ihre seltenen und kurzen Besuche und vertröstet sie auf den Winter. Und nichts und niemand dort drinnen erzwingt ihre Anwesenheit oder Aufmerksamkeit. Ihre Entschuldigung scheint akzeptiert zu werden. Man lässt sie in ihrer Sommerwelt ihre Pflichten erfüllen und wartet geduldig auf die dunkle Jahreszeit.

Eines tut sie in diesem Sommer und fühlt sich dabei fast wie ein Verräter. Doch die Erfahrung vom letzten Winter sitzt zu tief, um sie zu vergessen. Sie überstreicht die alte, dunkle Holzvertäfelung in ihrem Schlafzimmer mit sonnengelber Farbe. Während sie daran arbeitet, versucht sie sich zu überzeugen, dass die Geister des letzten Winters aus dem Holz gekommen waren und nicht aus ihrer Kapelle.

~Nebelpferde~

Auch dieser Sommer geht vorüber. Irgendwann lässt sich der Herbst nicht mehr leugnen und die Freundinnen wollen einen der vielleicht letzten warmen Sonntage nutzen, um zum Wasserfall am Oberkopf zu wandern. Zusammen richten sie vor Tagesanbruch die Verpflegung und verteilen sie auf die Rucksäcke. Sie wollen den ganzen Tag dort verbringen. Nach einer mehrstündigen Wanderung erreichen sie ihr Ziel und setzen sich unter dem Wasserfall auf einen großen Felsen, den das eiskalte Wasser umspült. Der Regen hat über Jahrhunderte eine flache Mulde hinein gewaschen, in der es sich gemütlich Sitzen lässt. Sie wickeln sich in die mitgebrachten Decken und strecken die Gesichter der Sonne entgegen. Eine Bachstelze sucht am Ufer die letzten Insekten und beäugt misstrauisch die Fremdlinge in ihrem Revier. Das Gras ist bereits herbstlich ergraut und bietet der Flechte in satten Gelb und Grüntönen, die die Äste der niedrigen Sträucher überzieht, den passenden Kontrast. Pechschwarze Dohlen, die Menschen längst als potenzielle Futtergeber erkennen, versammeln sich in ihrer Nähe und beobachten jede Bewegung. Das blasse Blau des Herbsthimmels bemüht sich gegen Mittag um Intensität. Über dem Wasserfall spannt sich kurzzeitig ein Regenbogen. „Ach, ich vergaß, wie schön es hier ist. Ich bin eine Ewigkeit nicht mehr hier gewesen", sagt Theresa. „Ich komme oft herauf. Es ist so ruhig hier. Grins nicht. Ich weiß, dass es auf meinem Hof auch ruhig ist. Es ist anders. Mein

Geist ist freier. *Ich* fühle mich freier. Besonders gerne komme ich im Sommer her, wenn es regnet, wenn sich die Tropfen des Wasserfalls und des Regens um jeden Quadratzentimeter im Teich streiten und alle versuchen, mit kleinen kreisrunden Wellen ihr Revier abzustecken. Dann konzentriere ich mich auf die Kreise, wie sie sich überlappen und verdrängen und in Sekunden verstreichen mehrere Stunden. Das Rauschen des Windes in den Büschen wird ohrenbetäubend laut, der Regen prasselt auf meine Hände, so unnachgiebig und trotzdem sanft. Von den heißen Steinen steigt eigenartig duftender Dampf auf, ich kann mich nie entscheiden, ob es gut oder schlecht riecht. Die Vögel kreisen über mir, ich sehe ihre Rufe, sie können das Rauschen des Wassers nicht übertönen. Ich wünsche mir jedes Mal, dass ich für immer hier sitzen kann." - „Oh nein, Verona werde jetzt nicht trübsinnig. Der Tag ist viel zu schön. Und dafür sind wir nicht heraufgekommen." Verona sieht sie sekundenlang schweigend an. Eigentlich sieht sie durch sie hindurch. Dann richtet sie sich ruckartig auf und lächelt in der für sie typischen, charmanten Weise. „Habe ich dir erzählt, dass ich mir unsere kleinen Wasserfälle vorstellte, als wir in der Schule von den Niagarafällen hörten? Unser Erdkundelehrer, Herr Sendel, erzählte, dass das ganz große Wasserfälle sind und für mich waren diese hier sehr groß. Größere konnte ich mir nicht vorstellen. Heute erkenne ich sie als das, was sie sind, kleine Rinnsale. Ist schon witzig, wie unsere Vorstellungen mit uns wachsen. Unser Dorf war für mich immer unübersichtlich groß und jetzt habe ich das Gefühl, ich stoße überall an. Ach ja, kein Trübsinn. Anderes Thema! Sehr interessantes Thema! Vorgestern war ich im Dorf und sah dich - am späten Nachmittag." Theresa öffnet den Mund und klappt ihn wieder zu. „Nein, du hast mich nicht gesehen. Du warst ziemlich beschäftigt und ich wollte nicht stören. War das nicht Gebhardt, der jetzt in der Kfz-Werkstatt arbeitet? Ja, natürlich war er es. Läuft da etwas zwischen euch? Sollte ich es wissen? Komm, jetzt drück nicht lang herum, heraus mit der Sprache." - „Ich weiß nicht. Es könnte etwas werden, aber es ist nichts spruchreif. Und bei so etwas bin ich sehr abergläubisch. Man darf nicht zu früh darüber reden. Aber wenn wir bei diesem Thema sind. Lässt dein Max überhaupt nichts mehr von sich hören?" Verona blickt erstaunt auf. „Woher weißt du? Tja, er rief an und kommt nächstes Wochenende." - „Was?" Theresa hatte sich dem Inhalt des Rucksacks gewidmet und eine Banane herausgefischt, nun starrt sie Verona mit weit geöffnetem Mund an. „Seit wann weißt du das? Wann hat er sich gemeldet? Und warum weiß *ich* nichts davon?" - „Er rief vorgestern an und ich dachte mir, das kann ich auch heute erzählen. Du warst sehr beschäftigt." Theresa lässt sich von dem hämischen Grinsen nicht ablenken. „Du meine Güte, nächstes Wochenende, das sind nur noch fünf Tage. Bist du nicht schrecklich aufgeregt?" - „Schon, aber ..." sie zögert. „Ich erwähnte, dass er vermutlich mein Leben todlangweilig findet. Doch der Vorschlag kam von ihm. Entweder er kommt klar damit oder nicht. Ich werde es nicht ändern, kann ich auch gar nicht. Aus einem Traktor wird nie ein Sportwagen. Er soll nur kommen. Ich freue mich, den Rest werden wir sehen." - „Das ist alles?" - „Was erwartest du von mir? Soll ich ausrasten, durchdrehen, wahnsinnig werden?" - „Ja, zumindest ein bisschen." - „Na klar. Gib mir lieber eine Banane, sonst raste ich wirklich aus." - „Du hast recht. Lass es auf dich zukommen. Aber danach erzählst du mir jede Einzelheit." Verona lacht. „Klar Boss, jede Einzelheit, wirklich jede?." Theresa reicht ihr die Banane und schüttelt den Kopf.

Am Samstagmorgen fährt ein Auto die Straße herauf. Verona steht am Fenster. Sie kann nicht besonders weit sehen, schon nach der zweiten Kurve wird die Straße vom Dunst verschluckt. Sie haben sich zu einem späten Frühstück verabredet und sie hoffte, dass ihnen der Nebel ein letztes Mal in diesem Jahr den Gefallen tun würde, sich zu heben. Sie ist früh aufgestanden, um alles vorzubereiten. Es duftet nach frisch aufgebrühtem Kaffee und der selbst gebackene Hefezopf ist noch warm und sehr lecker, denn sie hat schon davon genascht. Sie frühstückte zwar gleich nach der Stallarbeit, aber bei all den guten Sachen knurrt ihr Magen schon wieder. Gestern hat sie Brot gebacken und weil es auch etwas Besonderes sein sollte, kaufte sie auf dem Markt Honig vom Imker und Käse, der in einer Molkerei am anderen Ende des Tals hergestellt wird. Sie gesteht sich ein, dass ihr eigener nie so gut schmecken wird. Vor zwei Wochen brachte ihr der Nachbar, der ihren Schinken mit räuchert, den frischen. Sie sieht dem Besuch bezüglich Essen beruhigt entgegen. Der Blick in den Kleiderschrank war hingegen frustrierend. Neu und schick ist nur das, was sie sich vorigen Sommer aus der Stadt mitbrachte. Zu Hause hat sie die Sachen kaum noch getragen, sie sind nicht robust genug und jetzt definitiv nicht ausreichend warm. Die zwei neu gestrickten Pullover gefallen ihr gut und glücklicherweise hat

Theresa sie diesen Sommer so lange bearbeitet, dass sie sich eine neue Jeans kaufte. Sie vernachlässigt ihr Äußeres. Seit Jahren trägt sie im Alltag dasselbe, dementsprechend sieht es aus. Vor einiger Zeit fing sie an, die Kleidung ihrer Eltern aufzutragen. Lange war es ihr nicht möglich, deren Schrank oder gar das Schlafzimmer zu öffnen. Aber nun geben ihr die Kleidungsstücke das Gefühl, umarmt und getröstet zu werden. Auch ihre Eltern hatten keine attraktive Ausgehkleidung, sondern trugen die wenigen Sachen auf, die sie hatten, bis sie auseinanderfielen und dann erst wurden neue gekauft oder selbst angefertigt. Ihre Mutter nähte fast alles. Sie hatte viel Spaß dabei und wurde für die ländliche Umgebung manchmal etwas zu kreativ. In Veronas Schrank hängt noch ihr Lieblingskleid aus Kindertagen. Große bunte Blumen auf einem orangen Hintergrund. Wenn sie damit im Sommer stolz ins Dorf hinunterkam, wurde sie von den meisten mit einem lächelnden Kopfschütteln empfangen. „Sie ist eben aus der Stadt, die junge Brandhuberin", haben alle gesagt und es war nicht so klar, ob sie damit ihre Mutter oder nicht auch Verona meinten. Sie war zwar hier aufgewachsen, aber das Recht, ein Dörfler zu sein, kann man sich nur über mehrere Generationen erwerben. Heute trägt sie immer dieselbe Hose und an den kühlen Tagen dieselbe Jacke. Beides sieht ziemlich mitgenommen aus, zerkratzt und zerrissen von den Büschen, Felsen und Ästen auf den Abkürzungen, die sie auf ihren Wegen einschlägt wie in Kindertagen. Die Risse näht sie zwar sorgfältig zu, aber dadurch bekommen die guten Stücke ein immer abenteuerlicheres Aussehen. Verona lächelt bei diesem Gedanken, denn sie ist stolz auf jeden Riss. Für

sie sind es die Beweise, dass sie sich irgendwo erfolgreich durchgeschlagen hat.

Max hat die letzte Kurve erreicht und sie geht hinaus, um ihn zu empfangen. In diesem Moment schafft
es die Sonne, die ersten Strahlen durch den Nebel zu
schicken. Veronas Magen krampft sich schmerzhaft
zusammen. Sie hat keine Ahnung, was sie sagen soll
und wie er reagieren wird. Er lässt das Auto vor ihr aus-
rollen und versucht ein Lächeln. Da wird ihr klar, dass er
ähnlich unsicher ist. Sie atmet erleichtert auf, geht auf
ihn zu und umarmt ihn. „Schön, dass du da bist." Sie
sieht zu ihm auf und lächelt. Er überreicht ihr mit stol-
zem Blick einen Strauß Blumen und dann sprudelt es
erleichtert aus ihm heraus. Was er in den letzten Monaten alles so gemacht hat. Wie beschäftigt er ist. Was er
alles erreicht und geleistet hat. Was ihm alles gelungen
ist. Worauf er stolz ist. Und Verona hört zu, bis in den
späten Nachmittag hinein, erkundigt sich zwischendurch, ob es ihm schmeckt, worauf er kurz innehält und
nickt und ob irgendetwas fehlt, worauf er wieder innehält und den Kopf schüttelt. Verona freut sich über sein
ungezwungenes Erzählen und lächelt - manchmal
mehr, manchmal weniger, je nach Thema. Sie sponsert
ein „oh" zu einer Niederlage und ein „Wau" zu einem
Erfolg. „Alles in allem war es ein sehr erfolgreiches
Jahr. Und du? Du könntest immer noch bei mir einstei-
gen, ich bräuchte jemanden im Büro, der alles in
Schuss hält, wenn ich unterwegs bin. Wie sieht es aus,
du willst doch nicht wirklich hier versauern?" - „Versauern?" Verona schrickt aus ihrer lächelnden Trance auf.
„Ich nenne das hier leben. Sauer bin ich eigentlich selten." - „Gut, aber was hast du in den letzten Monaten

gemacht?" Verona starrt auf die Kuchenkrümel auf ihrem Teller und schiebt sie zu immer neuen Ornamenten zusammen. „Nichts besonderes", antwortet sie leise und gestaltet weiter Ornamente. Max sieht sie von der Seite her an. Gerade fühlte er sich dieser Frau wieder so nahe und nun scheint sie davon zu schweben, weit weg, nicht mehr erreichbar. Nur ihr Körper ist noch da und ihre Finger formen Ornamente aus Krümel.

Am Abend holt Max seine Tasche aus dem Auto. Die Luft ist kalt und am Himmel funkeln die ersten Sterne - ohne Nebel. Verona zeigt ihm sein Zimmer, ihr neues Gästezimmer. Sie hat sich in der vergangenen Woche dazu entschlossen, ihr eigenes dafür herzurichten und sie selbst ist in das ihrer Eltern gezogen. Liebevoll hat sie all die persönlichen Dinge in Kartons gepackt und auf den Speicher gestellt. Max steht in dem Zimmer, blickt sich kurz um, holt Luft, als ob er etwas sagen will, schließt den Mund wieder und hebt seine Tasche auf das Bett. Für Sekunden starrt er aus dem Fenster, wo es aufgrund der Dunkelheit nichts zu sehen gibt. Er atmet tief durch und wendet sich zu Verona, die in der Tür steht. „Und nun, was hast du für den Abend geplant. Ich hoffe, ihr habt zumindest eine Kneipe unten im Dorf. Dann könnten wir dort ein oder zwei Bierchen trinken?" - „Ja es gibt ein Wirtshaus und dort bekommst du auch Bier, aber ich fahre kein Auto mehr und dir würde ich nicht empfehlen, nach den getrunkenen Bieren bei Nacht und Nebel die enge Straße hier herauf zu fahren." - „Na, dann sind wir ja völlig von der Welt abgeschnitten." Max Miene verfinstert sich. „Wir könnten zu Fuß hinunter gehen. Eine knappe Stunde für den Abstieg und eineinhalb wieder für den Aufstieg, wenn deine Kondition gut ist." - „Nein danke, nach sportlicher Betätigung steht mir nicht der Sinn. Das erledige ich im Fitnessstudio." - „Ich kann dir auch hier ein Bier anbieten und ich habe ein paar gute Flaschen Wein und falls dir das Haus zu eng wird, können wir ein Stück spazieren gehen. Ich kenne die Wege auch bei Dunkelheit." - „Da passe ich auch. Ich nehme gleich das Bier." Nachdem Max die erste Flasche geleert hat, sind alle Bedenken verschwunden. Er erzählt begeistert über die neue Bar, die am Ende seiner Straße im Sommer eröffnet hat und die sich gerade zur absoluten In-Kneipe entwickelt, über diverse gesellschaftliche und kulturelle Ereignisse, über das letzte Konzert, das er besucht hat und nach dem zweiten Bier über Tobias neue Freundin und dass er ihn kaum noch sieht, weil er mit ihr so beschäftigt ist. Gegen Mitternacht gehen sie zu Bett.

Am Sonntagmorgen ist Verona wie üblich früh wach und richtet das Frühstück. Als sie damit fertig ist und sich im Gästezimmer nichts rührt, nimmt sie sich ein Buch und fängt an zu lesen. Zwischendurch fällt ihr Blick auf die Blumen, die sie gestern bekommen hat. Zwei Rosen lassen schon die Köpfe hängen. Sie zieht sie vorsichtig aus der Vase, bindet sie zusammen und befestigt sie zum Trocknen an der Gardinenstange. Es ist nach zwölf Uhr, als sie von oben das erste Knarren der Dielen hört. Sie hat sich inzwischen erlaubt, etwas zu essen. Nach einigen Minuten vernimmt sie Schritte im oberen Korridor, aber niemand kommt die Treppe herunter. Sie ruft hinauf: „Ein Bad gibt es nur hier unten", aber es rührt sich nichts mehr. ‚Was ist denn jetzt geschehen?' fragt sie sich, nähert sich langsam der Treppe und steigt zögernd, Stufe für Stufe nach oben.

„Max?" Keine Antwort. Oben angekommen erstarrt sie. Die Tür zu ihrer Kapelle ist weit geöffnet und Max steht mitten im Raum. Was hat er da drinnen zu suchen? Er soll da wieder herauskommen. Sie sucht nach Worten, um ihm das zu erklären, findet keine. Ihr Magen krampft sich zusammen, ihre Nackenhaare stellen sich auf, ein ‚Nein', dass eine verzweifelte Stimme in ihr schreit, dröhnt durch ihren Kopf, aber sie bleibt wie erstarrt in der Tür stehen. Ihr Ausatmen klingt wie ein leises Knurren.

Max sieht sich in dem Raum um. Er weiß nicht, was er davon halten soll. Auf dem Boden, rundherum an die Wände gelehnt, stehen Bilder, auf denen zwischen dunklen Schatten schreckliche Fratzen hervor starren. Überwiegend in Gelb bis Rot und Braun bis Schwarz gemalt. Die Fratzen sind nur schemenhaft auszumachen oder bis zur Unkenntlichkeit verzerrt. Auf einem Bild glaubt er ein freundlicheres Gesicht zu erkennen, weit im Hintergrund. Eine Frau mit starrem Blick und staunend geöffneten Mund. Ihm läuft ein Schauer über den Rücken. Er sieht sich weiter um, dabei wird ihm klar, dass das, was er anfangs für eine nur flüchtig mit schlechter Farbe getünchte Wand gehalten hat, auch ein Gemälde ist. Die Mauern des gesamten Zimmers sind in hellen Grautönen, eigentlich nur in einem dunkleren Weiß bemalt, und wenn man sie lange genug betrachtet, kann man Pferde erkennen. Unzählige. Er steht lange schweigend davor. „Was ist das?" fragt er, ohne sich umzudrehen, da er sich sicher ist, draußen auf dem Flur leise Schritte gehört zu haben. Max vermutet Verona noch im Gang, und dass sie nicht weiß, wo er ist. „Ich bin hier in diesem leeren Raum mit den

118

Bildern." - „Ich weiß wo du bist. Was machst du da?"
sagt Verona dicht hinter ihm. Er dreht sich erschrocken
um. „Ich war neugierig. Was ist das?" Verona richtet
sich merklich auf, wie wenn sie jemand mit unsichtbaren
Fäden in den Türrahmen gespannt hätte. „Meine ....
Mein Atelier." - „Du hast nie erzählt, dass du malst.
Komm und erklär mir, was das alles ist. Die Schatten an
den Wänden. Sind das Pferde?" - „Das sind Nebelpferde", antwortet Verona zögernd und ihr Blick ist lauernd.
Sie fühlt sich bedroht. „Nebelpferde." Max kaut auf dem
Wort herum. „Was sind Nebelpferde?" - „Sie sind halb
Pferd, halb Nebel." Veronas Antwort klingt abgehackt,
als befürchtet sie zu viel erzählt zu haben. Eigentlich will
sie darüber gar nichts sagen. „Was du nicht alles in
deiner Fantasie herumträgst." Max schüttelt den Kopf.
„Das ist nicht meine Fantasie. Es gibt sie wirklich. Sie
kommen mit dem Nebel. Du musst nur zum Fenster
hinausschauen und geduldig sein." Max nickt langsam.
Er vermutet, dass es in der Nachbarschaft einen Pfer-
dezüchter gibt, dass sie diese Pferde meint. „Kannst du
reiten und willst du dir nicht eines kaufen, wenn du so
begeistert von ihnen bist?" Verona lächelt ihn an, wie
sie ein unwissendes Kind angelächelt hätte. „Man kann
sie nicht kaufen und man kann sie nicht reiten. Sie interessieren sich nicht für uns Menschen. Aber wer sich
auf den Nebel einlässt und sich nicht vor ihnen fürchtet,
ihre Schönheit erkennt, den nehmen sie vielleicht mit.'
Max grinst sie an, aber sein Gesicht wird ernst, als er
ihren abwesenden Blick sieht. Er ist irritiert und da er
nicht weiß, von was sie spricht, wechselt er das Thema.
„Und was sind das für schreckliche Gesichter?" Im selben Moment wird ihm klar, dass er das bestimmt nicht

119

wissen will. „Oben hell und gut, unten dunkel und schlecht." Ihre Worte klingen wie ein Orakel und er sieht sie fragend an. „Das sind die anderen Bewohner", ist die kurze Antwort. „Welche Bewohner?" - „Die kennst du nicht." Verona verlässt den Raum. Für Sekunden kommt Max der Gedanke, dass dieses Wesen nicht die Frau ist, die er kennengelernt hat.

Nach einem ausgiebigen Frühstück, während dem ihre Konversation wieder ungezwungen dahinplätschert, als ob die Bilder im oberen Stockwerk nicht existieren, steht Max nachdenklich am Fenster und blickt in den Nebel. Verona weiß, dass es zu dieser Zeit nur einzelne Nebelbänke sind, die vom Tal heraufziehen, die sich meistens schnell auflösen. Sie beachtet sie gar nicht und räumt den Tisch ab. „Wie kannst du hier leben, kein Wunder, wenn du trübsinnig wirst. Da würde ich nach einem Tag schon durchdrehen." Er hält inne, wie wenn er etwas geäußert hätte, was er nicht hätte sagen sollen. Er hat Verona in der Küche vermutet, von wo er Geräusche gehört hat. Doch er fühlt sich beobachtet. Als er sich umdreht, steht sie in der Tür zum Wohnzimmer, als ob es nicht ihr Haus wäre, als ob sie darauf wartet, hereingebeten zu werden. „Was ist so schlimm am Nebel? Macht er dir Angst, weil er dich zwingt, dir selbst zu begegnen? Das habe ich längst hinter mir und inzwischen habe ich Freundschaft mit mir geschlossen." Max lacht heiser auf „Na, dann ist es ja gut. Mir reicht es, wenn ich mich am Morgen im Spiegel sehe. Schon da erkenne ich mich manchmal nicht. Nebel mag ich nicht."

Max verabschiedet sich am Nachmittag früher, als er eigentlich vorhatte. Er hält es nicht mehr aus. Das alte

Haus ist ihm unheimlich, die knarrenden Dielen, die kleinen Fenster, die fast nur Luken sind, die dunklen Holzdecken, die engen Treppen und Gänge. Hier oben ist es ihm zu still, zu einsam und Verona ist sehr eigenartig. „Ich muss morgen früh ins Büro, habe einen wichtigen Termin", lügt er. „Aber ich komme wieder, wenn ich darf." Verona nickt stumm und gibt ihm zum Abschied einen Kuss auf die Wange. Auf der Heimfahrt denkt Max darüber nach, was er die wenigen Stunden erlebt hat und dabei wird ihm absolut klar, das war nicht normal. Verona hat sich verändert und sie braucht eindeutig Hilfe.

Montag, am frühen Abend reißt Theresa die Tür auf. Sie stürmt durch das Haus, bis sie die erstaunte Verona auf dem Sofa findet. „Und? Sprich! Wie war es?" Verona fängt laut zu lachen an. „Na, du bist wohl direkt von der Arbeit hergefahren. Neugierig bist du aber nicht, oder?" - „Na klar, bin ich neugierig. Sei froh, dass ich nicht schon gestern Nachmittag vorbeigekommen bin. Also erzähl schon." - „Du hättest ruhig kommen können. Er verabschiedete sich sehr früh. Hat heute Morgen gleich wichtige Termine und er fühlte sich auch nicht wohl hier." - „Warum denn?" - „Es war ihm zu nebelig und zu einsam. Versauern würde man hier." - „Oje, klingt nicht gut." - „Nein, aber er kam auch nicht, um hier zu leben. Es war ein Besuch und er sprach davon, dass ich in die Stadt ziehen soll, aber ich bin eben ein Landmensch, noch dazu leicht eremitisch veranlagt. Ich hatte zwar keine besonderen Erwartungen nach so langer Zeit, doch vorher ging es mir besser. Momentan habe ich das Gefühl, als ob ich schon mein ganzes Leben auf einem Haufen Scheiße sitze und mir einbilde, es sind Rosen. Entschuldige bitte die Ausdrucksweise, es wird wieder. Er erzählte die ganze Zeit, wie toll sein Leben ist und was eine Stadt zu bieten hat und da wurde mir bewusst, dass mein Leben schon sehr bescheiden ist. Zum Abschied sagte er, dass er wieder kommt. Nur ...“ - „Nur?“ Verona zögert mit der Antwort. „Als ich in der Stadt war, kam mir das Leben dort normal vor, wenn du verstehst, was ich meine. Aus der Ferne, von meiner Abgeschiedenheit aus gesehen, ist es so unwirklich. Doch es ist mein Leben, das unwirklich ist. Ach, hör mir einfach nicht zu. In meinem Kopf ist gerade ein heilloses Durcheinander. Ich brauche nur ein bisschen Zeit, um festzustellen, dass ich den städtischen Glanz zwar zum Anschauen reizvoll finde, aber dass es meine Einfachheit ist, die ich benötige. Nur zu zweit wäre es auch schön.“ Theresa bleibt zum Abendessen, dann fährt sie nach Hause, weil sie am Morgen früh aufstehen muss. Die beiden verabreden sich für das Wochenende.

Als Theresa am Samstag hinaufkommt und Verona im dämmerigen Wohnzimmer findet, als sie reglos auf dem Sofa sitzen bleibt, ohne sie zu begrüßen, ist ihr sofort klar, dass sich ihre Freundin die ganze restliche Woche nicht mehr aus dem Strudel der ewig kreisenden Gedanken befreien konnte. „Verona“, fragt sie leise, „was ist mit dir?“ Die seufzt, als ob sie gerade noch ein paar Tränen hinunterschlucken muss, dann holt sie tief Luft. „Ach Theresa, ich bin oft allein und das finde ich auch sehr angenehm. Ich denke dann so über Dies oder Das nach und finde heraus, was für mich richtig oder falsch ist. Ganz für mich allein. Das könnte ohnehin niemand anderes entscheiden und ich finde es gut, dass ich genügend Zeit habe, um diese Entscheidungen zu treffen. Aber wenn ich dann auf diesem Weg, meinem ureigenen Weg in die Welt hinaus schreite, stelle ich immer wieder fest, dass kaum einer damit einverstanden ist, dass es kaum jemanden gibt, der diesen Weg auch gut findet. Obwohl ich nie versuchte, jemanden von meinem Weg zu überzeugen, obwohl ich sehr zurückgezogen lebe, um niemanden damit zu belästigen, habe ich das Gefühl, dass ich die anderen störe, dass sie mich selbst bei den wenigen Kontakten vielleicht nicht gerade ablehnen, aber mein Hiersein als unangenehm empfinden. Ich versuche herauszufinden, was ich ihnen angetan habe und jedes Mal komme ich zu dem Schluss, dass sie alle Angst vor mir haben. Aber ich tue doch niemanden etwas. Manchmal fühle ich mich wie ein fremdes Wesen. Ja, inzwischen sehe ich es ziemlich klar. Ich gehöre nicht hierher und es würde mich nicht überraschen, wenn irgendwann ein fremdes Raumschiff vor meinem Haus landen würde, Wesen aussteigen, die mir sonderbar vertraut erscheinen und die mir mitteilen, dass sie mich vor langer Zeit vergaßen und seitdem nicht mehr die Gelegenheit hatten zurückzukehren. Ich gehöre nicht hier her. Es muss eine andere Welt geben, aus der ich herausgefallen bin, wie ein kleiner Vogel aus seinem Nest." Verona steigen die Tränen in die Augen. „Theresa, ich will nach Hause." Theresa schließt ihre Freundin wortlos in die Arme. Was soll sie sagen? Wieder sind sie, wie so oft in letzter Zeit, an einem Punkt angelangt, wo sie Verona nicht mehr versteht und ihr nicht helfen kann. Sie hat keine Schnittwunde, auf die man ein Pflaster kleben kann. Es ist kein Problem, bei dem man sagt, ab morgen machen wir es anders. Sie fühlt eine unsichtbare Bedrohung, namenlos, schattenlos. Etwas, was da ist, was sich aber nicht packen lässt, um es in den Mülleimer zu werfen. Sie würde so gerne helfen. Selbst der geheime, unerwünschte Gast war greifbarer, aber dieses Unwesen schwebt nicht im Haus herum, es durchstreift die dunklen Täler in Veronas Seele. Dort, wo jeder nur allein hingehen kann. Ihr läuft ein Schauer über den Rücken. „Verona, auch wenn ich dir glaube, dass du gerne allein bist, heute Abend sollten wir irgendwo anders hingehen. Irgendwo, wo noch andere Menschen hinkommen. Heute sollten wir beide auf Pfaden wandern, die schon von anderen breitgetreten sind. Seine eigenen Wege zu gehen, ist gut, aber sehr anstrengend und manchmal sollte man sich - nur so zur Anregung - die Spuren ansehen, die andere hinterlassen. Was hältst du davon, wenn wir ins Kino gehen und danach in ein gutes Restaurant? Ich lade dich ein." Verona bleibt schweigend sitzen. Es ist zu dunkel, um zu erkennen, ob sie weint. Minutenlang wartet Theresa auf eine Reaktion. Sie streckt ihr die Hand entgegen und dann geschieht das, was sie schon so oft bei ihrer Freundin erlebt hat und was sie die depressiven Phasen immer wieder schnell vergessen lässt. Wie eine Marionette an Schnüren richtet sich Verona auf. „Einverstanden. Hey, das letzte Mal, als du mich eingeladen hast, liegt fast zehn Jahre zurück. Weißt du noch? Es war ein riesiger Eisbecher für zwei Personen im Café Haider und gib es zu, ich musste nur mitkommen, weil es dir zu peinlich war, ihn für dich allein zu bestellen." Theresa lacht laut auf. „Stimmt. Und Brigitte hat mir dann gestanden, sie hätte es getan. Wäre also nicht so peinlich gewesen. Vermutlich hat das halbe Dorf diesen Eisbecher schon einmal allein gegessen und jeder hat dazu einen Moment abgepasst, in dem sonst niemand im Café war oder hat sich an den Tisch hinter dem großen Gummibaum gesetzt." - „Genau wie Peter und Marion, aber die hatten da ganz was anderes vor und darüber wusste zwei Stunden später jeder Bescheid." Die beiden Frauen krümmen sich vor Lachen. „Darum, verstecken hat in einem Dorf keinen Sinn. Weißt du eigentlich, ob es diesen Eisbecher noch gibt?" Theresa überlegt und schüttelt den Kopf. „Ich war schon ewig nicht mehr im Café Haider, da gehen doch nur noch die Rentner hin und die ganz Kleinen. Jeder, der die Möglichkeit hat, fährt nach Meinbach." - „Genau deshalb. Du lädst mich heute nach Meinbach ein und morgen, am Sonntagnachmittag gehen wir wie die alten Leute ins Café Haider und ich lade dich auf ein Eis ein. Und wir werden beide einen dieser monströsen Eisbecher essen. An einem Tisch mitten im Raum." - „Oh ja, denn der Tisch hinter dem Gummibaum, falls dieses Gewächs überhaupt noch existiert, wird schon besetzt sein von den Zehnjährigen, den frisch verliebten." Die bedrückte Stimmung ist wie weggefegt.

Max hat in den nächsten Tagen viel zu tun und in der Woche darauf schon fast vergessen, dass er wegen Veronas Zustand etwas unternehmen wollte. Zufällig trifft er abends in einer Kneipe einen Bekannten aus dem Fitnessstudio, er erinnert sich, dass er Psychologie studiert. Er hat ihn lange nicht gesehen und weiß nicht, ob er die Studienrichtung gewechselt hat oder schon praktiziert. Max spricht ihn an und nach dem er kurz den Fall geschildert hat, hält Werner einen langen Vortrag über die verschlungenen Wege der Psyche. Zum Schluss wird man sich einig, dass sie miteinander telefonieren, wenn Max sich überlegt hat, wie er ihn zur Beurteilung am unauffälligsten mit Verona zusammenbringen kann. Werner besteht darauf, dass das unbedingt in ihrer gewohnten Umgebung sein muss, was die Sache erheblich erschwert.

Als Max die Aufzugstür öffnet, steht Tobias im Gang vor der Wohnung. Er hat ihn am Tag zuvor angerufen und darum gebeten, vorbeikommen zu dürfen. „Ich war vor zwei Wochen bei Verona", fängt Max sofort an. „Und? Wie geht es meiner Cousine?" fragt Tobias erfreut. Max bleibt ernst. „Ich weiß es nicht. Ich weiß es wirklich nicht." - „Du weißt es nicht. War sie nicht da?" - „Doch doch, aber sie war sehr eigenartig. Nimm mir die Frage nicht übel, aber hatte sie schon einmal Probleme?" Tobias sieht ihn fragend an. „Wie meinst du das?" - „Sie war so abwesend, wie wenn sie in einer anderen Welt leben würde." Tobias lacht amüsiert auf. „Du warst auf dem Land, das ist eine andere Welt. Vielleicht war es ein bisschen zu einsam für dich. Wir sollten sofort eine Kneipe besuchen, damit du dich wieder an die Stadt gewöhnst." Max grinst gequält. „Nein Tobias, ich meine es ernst. Verona war ganz anders. Sie war sehr sonderbar. So sonderbar, dass ich es für ziemlich ungesund halte." - „Was redest du da? Was war denn so ungesund?" - „Ich kann das nicht beschreiben und vielleicht bilde ich es mir nur ein. Ich habe einen Freund, er studiert seit einer Ewigkeit Psychologie, da sollte er inzwischen ein bisschen Ahnung haben. Ich dachte mir, dass ich ihn das nächste Mal als guten Freund mitbringe. Er soll sich das ansehen, dann wissen wir, ob an meiner Ahnung etwas dran ist oder ob ich mir das nur einbilde." Nun wird Tobias ernst. „Das sind schwere Geschütze, die du da auffahren möchtest und ein ziemlicher Eingriff in das Privatleben meiner Cousine. Ich kenne sie auch nur aus der Zeit, in der sie hier war. Mir kam sie absolut normal vor. Vielleicht etwas ruhig." - „Tobias, versteh mich nicht falsch. Du hast sie nicht erlebt. Sie war völlig anders. Ich mache mir wirklich Sorgen." - „Hm", Tobias wird nachdenklich, „ich gebe zu, ich hätte sie vielleicht einmal anrufen sollen, aber ich dachte mir, sie hat ihr eigenes Leben. Hattest du noch Kontakt zu ihr? Ihr seid euch doch nähergekommen?" - „Nein, ich war beschäftigt und so verging die Zeit. Jetzt mache ich mir Vorwürfe." - „Na, nun lass den Kopf nicht hängen. Ich vermute, du hast sie nur in einer schlechten Stimmung erwischt und ich wäre auch distanziert, wenn sich eine Frau, die sich anscheinend für mich interessiert hat, eine Ewigkeit nicht meldet. Meinst du nicht, dass sie einfach nur verärgert war?" Max schüttelt lange und nachdenklich den Kopf. „Nein, du hast sie nicht gesehen. Warum schaust du nicht bei ihr vorbei, dann kannst du dir selbst ein Bild machen." - „Na klar, wir tauchen nach Monaten alle zufälligerweise zur gleichen Zeit bei ihr auf und dann hatte sie nur Kopfschmerzen. Geh meinetwegen mit deinem Freund hin, aber dann lass sie in Ruhe. Verona ist ein erwachsener Mensch und ich hatte nie den Eindruck, dass sie nicht zu Recht kommen würde. Lass dich durch dein schlechtes Gewissen nicht zu weit treiben. Dadurch wirst du nicht bei ihr punkten. Ich würde dir empfehlen, noch einmal allein hinzufahren. Wer weiß, was du so gesagt und getan hast, vielleicht war einfach irgendetwas Falsches dabei."

Drei Wochen später finden Max und Werner endlich einen gemeinsamen Termin, um Verona zu besuchen. Als sie vor dem Berghof anhalten, sind sie sich immer noch nicht einig, wie sie die Unternehmung am unauffälligsten durchführen sollen. Beim Abendessen verschwindet Verona in der Küche und Werner zischt zu Max über den Tisch: „Also ich weiß nicht, was du hast. Was soll an der Frau so auffallend sein? Sie verhält sich absolut offen und natürlich und ich bezweifle, dass sie irgendwelche Leichen im Keller vergraben hat." Noch ehe Max etwas erwidern kann, kommt Verona zurück. „Ich habe Schokoladenpudding zum Nachtisch. Ich hoffe, ihr mögt so etwas." Werner, der sich gerade seiner Aufgabe entbunden füllt, strahlt sie an. „Aber klar doch, ich hoffe nur, dass du die große Schüssel noch in der Küche stehen hast." - „Ich kann dir mehr holen." Max löffelt nachdenklich seinen Pudding, plötzlich hellt sich sein Gesicht auf. „Du Verona, Werner traut sich nicht, aber er wollte fragen, ob du ihm ein Zimmer vermieten kannst, damit er in aller Ruhe seine Abschlussarbeit schreiben kann." Werner blickt verständnislos auf. „Schau nicht so entsetzt. Man kann doch fragen. Wie sieht es aus Verona? Er jammert mir seit Wochen die Ohren voll, er könne sich bei dem ganzen Lärm und Treiben in seinem Haus überhaupt nicht konzentrieren." Verona sitzt unschlüssig da. „Das kommt etwas überraschend, aber ja, warum nicht, Platz genug habe ich. Für wie lange soll es denn sein?" - „Erst einmal zum Testen für ein paar Tage", antwortet Werner, bevor Max Luft holen kann. „Na dann aber auch für mich zum Testen und wenn ich nicht damit zurechtkomme, kann ich dich hinauswerfen, ohne dass du mir böse bist, oder? Ruhig ist es hier auf jeden Fall und es gibt zu dieser Jahreszeit nicht viel Ablenkung. Die Räume sind allerdings klein, schau dir mein Gästezimmer am besten an. Einen Tisch kann ich noch hineinstellen. Essen gibt es nicht dazu, das musst du dir selbst heraufschleppen. Bad und Küche müssen wir gemeinsam nützen und da macht jeder seinen eigenen Schmutz weg. Kurz und gut: Zimmer ja, Hotelservice nein. Wenn das für dich in Ordnung ist, können wir es versuchen." - „Mal sehen", antwortet Werner zögernd. Max befürchtet einen Rückzieher und hakt hinterher. „Ich habe dir gerade zu einer einmaligen Gelegenheit verholfen, also greife zu." - „Ist ja gut. Ich werde zu Hause in Ruhe alles sammeln, was ich für die Arbeit brauche, dann sag ich Bescheid. Kann zwei oder drei Wochen dauern. Ist das in Ordnung?" - „Klar, dann habe ich Zeit, mich auf die Situation einzustellen."

Die zwei bis drei Wochen sind vorüber und Verona glaubt, es hätte sich erledigt. Irgendwie ist sie erleichtert, doch dann ruft Werner an, ob das Angebot noch gilt. Es wäre ihr nie in den Sinn gekommen, jetzt einen Rückzieher zu machen, also steht ihr neuer Untermieter ein paar Tage später vor der Tür. Sie wollte für ihn keinen großen Aufwand betreiben, wenn es ihm nicht gefällt, dann geht er eben wieder, was macht das schon, aber nach dem Anruf startet sie einen Großputz und stellt das ganze Haus auf den Kopf. Sie ist noch ziemlich erschöpft, als sie Werner die Tür öffnet und der

Kuchen - auch ein Aufwand, den sie eigentlich nicht wollte - steht im Ofen. Irgendwie ist er doch ein Gast und Verona ist schrecklich aufgeregt. Wie soll das nun werden, wenn sie keinen Schritt mehr in ihrem eigenen Haus tun kann, ohne dabei beobachtet zu werden?

Am nächsten Morgen, als sie wie immer nackt ins Bad hinunter geht, hält sie nach wenigen Schritten erschrocken inne. Schnell rennt sie zurück und lässt die Tür für die frühe Morgenstunde zu laut ins Schloss fallen. Sie lauscht, ob ein Beschwerderuf ertönt, aber Werner scheint einen festen Schlaf zu haben. Unschlüssig steht sie im Zimmer, bis ihr einfällt, dass im Schrank noch ein alter Bademantel ihres Vaters hängen müsste. Sie findet ihn, glücklicherweise ist er keiner ihrer Entrümpelungsaktionen zum Opfer gefallen. Nach dem morgendlichen Waschen folgt das tägliche Ritual des Holzholens, um den Kachelofen anzuzünden. Dabei kommt ihr der Gedanke, dass dies eine der Pflichten sein könnte, die ihr neuer Mitbewohner übernehmen kann. Schnell verwirft sie ihn, denn dann wäre vermutlich zu Mittag das Haus noch eiskalt, irgendetwas wird ihr schon einfallen, vielleicht sollte sie ihn in die tägliche Stallarbeit einweisen, aber das sind kaum die Aufgaben eines Untermieters. Sie überlegt sich, was sie für ihre hofeigenen Produkte verlangen kann. Während des Melkens freut sie sich über die Milchmenge ihrer Jungkuh, obwohl das bedeutet, dass sie sich von ihr trennen muss. Für sie wäre es auf Dauer zu viel Milch und die Kuh bringt mit dieser Leistung einen guten Preis. Sie trennt sich ungern von ihren Tieren, doch der Stall ist zu klein, besonders wenn sie im Winter nicht auf die Weide hinaus können. Bei ihrem nächsten Besuch im Dorf wird sie sich nach den aktuellen Preisen erkundigen. Wenn einer der Großbauern eine Herde verkauft, muss sie ohnehin warten, bis sich die Preise wieder normalisieren. Doch die Bauern der Umgebung kennen ihre Tiere und wissen, dass sie gesund und kräftig sind, außerdem bekommt sie dort aus Sympathiegründen eine gute Bezahlung. Bis zum Frühjahr wartet sie auf jeden Fall, dann macht der Spaziergang mit der Kuh zu ihrem neuen Heim am meisten Spaß. Sie ist dann den ganzen Tag unterwegs, um das Tier nur nicht zu verängstigen und der Weg ist manchmal wirklich sehr weit, wenn sie zu einem Hof am Ende des Tals müssen.

Später, als sie die Dinge für ihr Frühstück aus der Speisekammer holt, betrachtet sie die Produkte, die Werner gestern eingelagert hat. Er scheint für lange Zeit vorgesorgt zu haben. Na klar, man kann nie wissen, was es auf dem Land gibt. Doch Werners Vorräte schwinden schneller, als sie sich das vorstellen konnte.

Anfangs fällt es ihr schwer, sich an ihren Mitbewohner zu gewöhnen. Sie findet, dass sich die Unbeschwertheit aus ihrem Leben verabschiedet hat, aber bald empfindet sie es wie eine sehr lange Theateraufführung, in der sie aktiv mitspielen kann. Sie stellt sich voller Neugierde jeder Szene und lernt zu improvisieren. Schnell wird der nachmittägliche Kaffeeklatsch zum Muss, bei dem beide ungezwungen losplaudern. Verona erfährt, dass Werner Psychologie studiert und vor dem Abschluss steht, auch das Thema der Abschlussarbeit erklärt er ihr, soweit er es schon eingrenzen kann, aber ansonsten hält er keine stundenlangen Monologe. Sie erschrickt fast, als er sie plötzlich nach ihrer Meinung fragt. Das kennt sie höchstens von Theresa, aber dass sich ein fremder Mensch dafür interessiert, was sie denkt, das ist neu. Werner fragt sie andauernd irgendetwas, und wenn Verona über eine Antwort nachdenken muss, wartet er so lange. Sie bemerkt auch, dass man über vieles mit einem Fremden leichter sprechen kann. Verona verliert bald ihre gewohnte Zurückhaltung. Sie fängt von sich aus an, über den Tod ihrer Eltern zu sprechen. Dass sie sich lange Zeit schuldig gefühlt hat mit der festen Überzeugung, dass es ihr Schicksal gewesen wäre. Doch nun sei sie zu einer neuen Erkenntnis gekommen oder vielmehr sei sie gerade dabei, sie in Erwägung zu ziehen. „Ich finde mich mehr und mehr in die Vorstellung ein, dass jeder sein eigenes Schicksal hat. Ob dieses von Geburt an feststeht, ist dabei ungewiss, aber ich bin mir sicher, dass jeder daran gebunden ist. Die Konstellationen, die Gegebenheiten können sich ändern, aber das Schicksal bleibt. Ich meine damit, wenn ich an diesem Tag mit dem Auto hinunter gefahren wäre, dann hätten die Bremsen gehalten und vermutlich hätte ich unten am Supermarkt gemerkt, dass etwas nicht in Ordnung ist und wäre in die Werkstatt gerollt. Aber meine Eltern wären zur gleichen Zeit hier oben von der Leiter gefallen oder es hätte einen Steinschlag gegeben. Denn an diesem Tag stand der Tod nicht auf meinem Programmzettel. Natürlich ist das nur so eine Vorstellung, um den Lauf der Welt besser verstehen zu können." - „Die hat aber jeder, sonst müssten wir völlig planlos in den Tag hineinleben und dazu ist unsere Psyche nicht geschaffen. Wir sind nicht so autonom, wie wir das gerne hätten. Auch unser Gehirn hat diverse Fehler im System und die muss jeder selbst je nach Veranlagung überbrücken." Verona nennt es bald ihr philosophisches Kaffeetrinken und hält dafür immer frischen Kuchen oder selbst gebackene Kekse bereit.

Stillschweigend verlängern die beiden die Probezeit auf unbestimmte Dauer. Die dicken Nebelwände gehören zum Alltag. Für Werner ist das in Ordnung, denn so kann ihn wirklich nichts von seiner Arbeit ablenken. Da er weiter keine Anzeichen finden kann, dass Verona irgendwelche psychischen Probleme hat, will er die Gelegenheit nützen, sie um ein gutes Stück voranzubringen. Es gibt keine Kneipen, in denen er am Abend hängen bleiben kann und auch sonst nicht viel Abwechslung. Draußen vor der Tür steht tagein, tagaus die dicke Nebelwand, durch die man den Lauf der Sonne nur erahnen kann und drinnen in Haus und Stall gibt seine Vermieterin einen regelmäßigen Rhythmus vor. Natürlich hätte er seinen Tagesablauf selbst bestimmen können, was er größtenteils tut, aber inzwischen wacht er so früh auf, um spätestens um zehn Uhr morgens am Schreibtisch zu sitzen. Zu Mittag holt er sich einen kleinen Imbiss und so kommt die erste große Unterbrechung erst am Nachmittag zum Kaffeetrinken. Dann ist auch Verona mit ihren täglichen Arbeiten fertig und sie quatschen jeden Tag fast zwei Stunden miteinander. Er empfindet diese Zeit sehr erholsam und entspannend und kann anschließend noch einmal bis in den Abend hineinarbeiten. Sie gewöhnen sich an, das Abendessen zusammen zu kochen, zu essen, abzuspülen und danach noch ein oder zwei Gläschen Wein zu trinken. Spätestens um zehn Uhr liegen beide im Bett. Der gleichmäßige Lebensrhythmus, der in dieser Abgeschiedenheit durch absolut nichts gestört wird, tut Werner und vor allem seiner Abschlussarbeit sehr gut. Mit der Zeit ist er wirklich dankbar, dass Max ihn in diese Situation gebracht hat. Wenn es weiterhin so gut läuft, hat er einen großen Teil der Arbeit bis zum Ende des Frühjahrs abgeschlossen.

Eine Ablenkung gibt es natürlich schon. Theresa kommt manchmal unangekündigt vorbei. An diesem späten Samstagnachmittag stehen zwei Autos vor dem Haus. An Werners kleinen dunkelblauen Ford hat sie sich gewöhnt, doch die silberne Limousine ist ihr unbekannt. Sie hat ein Kennzeichen aus der Stadt. Aus dem Wohnzimmer dringt ihr ein Stimmengewirr entgegen und als sie in der Tür steht, kommt ihr sofort der Gedanke, dass der große alte Tisch lange nicht mehr so viele Leute auf einmal gesehen hat. „Hallo Theresa." Verona kommt mit der Keksdose aus der Küche und will an ihr vorbei ins Wohnzimmer, stoppt aber abrupt und hält ihr die geöffnete Dose hin. Theresa fischt sich einige von ihren Lieblingskeksen heraus. „Hier ist was los. Ich komme mir vor wie auf dem Bahnhof. Immer möchte ich das nicht haben, aber zurzeit finde ich es witzig." Theresa lächelt. Sie bemerkt, dass diese Abwechslung Verona ausgesprochen gut tut. Sie war in den letzten Wochen immer bestens gelaunt. Keine Anzeichen von zu viel Grübelei. Nacheinander stellt sie Theresa ihren übrigen Gästen vor. „Werner kennst du ja schon, aber ich glaube, du bist noch nie Tobias begegnet, meinem Cousin und ganz sicherlich noch nicht Sandra, seiner Freundin. Die sehe ich nämlich heute auch zum ersten Mal." Theresa verneigt sich lachend vor den beiden. „Das waren meine Eltern, die dich damals sofort genauer unter die Lupe nehmen mussten." - „Und das ist

Max." Ihn trifft sofort Theresas prüfender Blick. „Endlich lernen wir uns einmal kennen." Sie schüttelt die hingehaltene Hand. Dann setzt sie sich und zieht die Keksdose zu sich. Verona kommt ihr heute ausgesprochen zufrieden und glücklich vor. Sie trällert andauernd einen irischen Kneipensong. Theresa kommt so viel Leben in diesem Haus sehr unwirklich vor, verstrickt sich aber sofort mit Werner in ein Gespräch über den neuesten Stand seiner Arbeit. Sie tut das immer. Es ist jedes Mal ein schier unerschöpfliches Thema. Auch nach mehreren Stunden finden sie kein Ende und da zumindest Theresa dann schon nicht mehr weiß, über was sie alles diskutiert haben, kann man mit leichter Variation wieder von vorne beginnen. Werner ist immer mit vollem Ernst dabei. Für sie ist es interessant, aber vor allem amüsant. Die anderen verabschieden sich am späten Abend und fahren zurück in die Stadt. Theresa und Werner diskutieren immer noch und winken ihnen nur kurz zu.

Werner hat es am liebsten, wenn ihn die beiden Frauen während Theresas Besuchen gar nicht beachten und er sie einfach nur belauschen darf. Er sitzt dann grinsend auf der Eckbank und genießt es, wie ungezwungen sie auch in seiner Anwesenheit miteinander umgehen. Die beiden können zu einem Feuerwerk der Heiterkeit werden und Werner vermerkt für sich, dass wahre Freundschaft wohl nur in so ländlicher Umgebung vorkommen kann. Verona ist dabei meistens die Treibende und Theresa diejenige, die sich mitziehen lässt, aber ohne Theresa hätte Verona diese Kraft nicht. So scheint es zumindest. Einmal sprach er Verona auf diese Heiterkeit an und sie gab ihm folgende Erklärung:

„Vor langer Zeit suchte ich einmal nach dem Sinn des Lebens, wie fast alle, stellte aber bald fest, dass meine Wenigkeit mit dem großen Universum nichts zu tun hat und alles auch ohne mich funktionieren würde und falls es da einen großen Zusammenhang und Sinn geben würde, wäre mein Gehirn gar nicht in der Lage, den zu erfassen. Aber ich legte meinen ganz persönlichen Sinn des Lebens fest. Wenn ich einst auf dem Hügel sitze, den mein Leben unter mir gebildet hat, dann möchte ich sagen können, ich habe Freude gehabt, so oft es ging und es geht ziemlich oft. Und eine Grundlage dazu ist, dass Höflichkeit absolut in Ordnung ist, aber dann aufhören muss, wenn sie persönlich wehtut, wenn sie einschränkt. So viel Egoismus muss sein. Denn stell dir vor, du blickst zurück und musst sagen: Ich hätte, sollte, wollte das und das tun und es wäre gut gewesen, aber ich musste ja nett zu den anderen sein. Da du selbst dein Richter sein wirst und da du strenger über dich urteilen wirst als irgendjemand anders, kannst du dir vorstellen, dass du sagen wirst: selber Schuld, nun ist es zu spät und eine zweite Chance gibt es nicht mehr. So, und darum wirst du jetzt das Bad putzen, denn ich habe es vor drei Tagen gemacht und ich lese währenddessen."

Werner steht nach dem Kaffeetrinken lustlos am Fenster. Der Nebel ist besonders dicht und es ist den ganzen Tag nicht wirklich hell geworden. Verona hat sich ihr Buch gegriffen und auf das Sofa zurückgezogen. Als Werner sich nicht wie üblich nach oben an seinen Schreibtisch begeben will, betrachtet sie ihn nachdenklich. Sie zögert lange. Dann glaubt sie ihn trösten zu müssen, so wie es damals ihre Mutter bei ihr getan hat. Sie erzählt ihm die Geschichte von den Nebelpferden. „Das ist eine sehr schöne Vorstellung. Max erzählte sie mir schon bruchstückhaft, aber es klingt schöner und natürlicher, sie von dir zu hören und wenn man den Nebel dabei sieht." Er starrt einige Minuten weiter hinaus, dann atmet er tief durch. „Nun werde ich sie ungestört ziehen lassen, all die weißen Pferde und mich zu meiner Arbeit begeben."

Verona sieht ihn von nun an oft sinnierend aus dem Fenster und in den Nebel starren. Er wirkt dabei sehr ernst und konzentriert. Irgendwie scheint es ihn weniger zu beglücken, dass es weiße Pferde sein könnten.

Dann endlich kommt der Tag, an dem sich nachts der Dunst wie durch einen Zauber auflöst und eine sternenklare Nacht in einen wunderschönen Morgen mündet. Der erst blassblaue Himmel intensiviert seine Farbe innerhalb kürzester Zeit. Werner kommt früher als sonst aus seinem Zimmer und rennt wie ein kleiner Junge am Weihnachtstag zu Verona in den Stall. Seine Augen leuchten, als er ausruft: „Das ist ja Wahnsinn. Der Nebel ist weg. Ich hielt es nicht für möglich, dass das geschehen kann. Es ist wunderschön hier oben." Verona lacht. „Das weiß ich. Was hältst du heute von einer Wanderung? Nun wird es bald zu schneien anfangen und die wenigen Tage zwischen Nebel und Schnee verbringe ich gerne draußen in der Natur."

Sie steigen zu dem Sattel über dem Hof hinauf und durch das Tal auf der anderen Seite in einem großen Bogen hinunter ins Dorf. Unterwegs legen sie eine lange Mittagspause ein, um ihren mitgebrachten Proviant zu verzehren. Im Ort beladen sie den Rucksack mit neuen Vorräten aus dem Supermarkt. Werner will ihn natürlich tragen, aber auf halben Weg hinauf versucht Verona ihn zu überzeugen, die Last zu übernehmen, da er völlig außer Atem ist. Er lehnt rigoros ab. Oben schaut er zufrieden nach unten. Die Sonne ist bereits hinter den Bergen verschwunden. „Das ist ein gutes Gefühl, die Dinge des täglichen Bedarfs auf dem eigenen Rücken herauf getragen zu haben. So lebensnah, urwüchsig, pur, echt. Das werde ich nun immer machen. Das Auto bleibt hier stehen." Verona nickt ihm schmunzelnd zu und geht ins Haus.

Zwei Wochen später beginnt es zu schneien. Verona hat ihren Untermieter rechtzeitig gewarnt, sich wirklich für lange Zeit zu bevorraten und alle wichtigen Dinge aus der Stadt zu holen, falls er nicht vor dem ersten Schneefall zurückkehren will. Sie hat ihm auch empfohlen, das Auto unten im Ort abzustellen, um wenigstens von dort wieder wegzukommen. Werner will bleiben und wird doch von der Tatsache überrascht, für mehrere Wochen wegen des hohen Schnees kaum vor die Tür zu kommen. Manchmal rennt er wie ein eingesperrtes Tier zwischen Haus und Stall hin und her, völlig sinnlos, nur um den angestauten Bewegungsdrang und die Gier nach Freiheit zu befriedigen. Verona beobachtet es, versteht ihn und würde ihm gerne helfen. Sie hat gelernt, diesen eingeschränkten Auslauf als Geschenk zu betrachten, diese Zeit zu genießen, um nach der vielen Arbeit im Sommer wieder zu sich selbst zu finden. Auszuwerten, was im vergangenen Jahr gut lief, was falsch war, was sie im nächsten anders machen sollte. Und wenn sie die äußerlichen Dinge geordnet hat, dann setzt sie diesen Herbstputz in ihrem Inneren fort. Ja, es ist eine Zeit der äußerlichen und innerlichen Reinigung.

Als nach der Stallarbeit nichts Dringendes mehr zu tun ist, geht sie seit langem wieder einmal in ihr Atelier. Nicht nur um nachzusehen, ob noch alles in Ordnung ist, sondern sie verbringt fast den ganzen restlichen Tag dort. Ordnet ihre Malutensilien, überprüft, welche Farben ausreichend vorhanden sind und macht eine Liste von denen, die sie nachkaufen muss. Sie ordnet ihre Bilder neu an, nimmt sich eines der Bücher von dem Stapel, der vom letzten Winter noch dort steht, kuschelt sich in ihre Decke und da Werner bis zum späten Nachmittag arbeitet, vergisst sie die Zeit. Erst als sie ihn nach unten gehen hört, an der geschlossenen Tür vorbei, bemerkt sie, dass es schon dunkel wird. Seit Max so überraschend in diesen Raum eingedrungen ist, hat sie ihn verschlossen und den Schlüssel in ihrem Schlafzimmerschrank aufbewahrt. Werner vermutet hinter dieser Tür sicherlich nur eine Abstellkammer.

Kurz vor Weihnachten kämpft sich Verona hinunter. Max hat sich für die Feiertage angekündigt, obwohl sie ihn warnte, dass er den Hof derzeit nur zu Fuß erreichen kann. Verona will dem Besucher wenigstens einen einigermaßen eingetretenen Pfad bieten, noch einige Lebensmittel besorgen und die Farben abholen, die sie telefonisch bei Herrn Mahlich bestellt hat. Am Weihnachtstag geht sie ihm bis ins Dorf hinunter entgegen. Sie nickt schmunzelnd und anerkennend, als er aus dem Auto steigt. Er hat vernünftiges Schuhwerk an und ist in nagelneue Trekkingkleidung gehüllt. Farbenfroh und nicht zu übersehen, auch nicht die verspiegelte Gletscherbrille. „Na, dann will ich hoffen, dass du so fit bist, wie du aussiehst. Ich gehe nur noch schnell in den Supermarkt und kaufe ein paar Flaschen Wein." Als sie zurückkommt, hebt sich Max den farblich passenden Rucksack auf den Rücken. Nun kommt sich Verona in ihrer alten Kleidung und dem Ranzen, den vermutlich schon ihr Großvater trug, schäbig vor. So biegt sie, ohne auf Max zu warten, auf die Straße in Richtung ihres Hofs ab. Sie legt ein scharfes Tempo vor. Max folgt ihr überraschend gut. Verona ist sichtlich beeindruckt und bevor ihre frustrierte Stimmung nahtlos in ein schlechtes Gewissen übergehen kann, reduziert sie ihr Tempo, bis er aufholt und erzählt ihm von Werners erstem mühevollen Aufstieg und dass er seit Schnee liegt, den Hof nicht mehr verlassen hat.

Als sich Verona am frühen Abend wegen der Stallarbeit entschuldigt, hat er endlich Gelegenheit, Werner nach seiner eigentlichen Mission zu befragen. „Max, ich weiß nicht, was du damals beobachtet hast. Sie ist absolut normal. Manchmal etwas nachdenklich, aber das bringt die Umgebung mit sich. Die Leute hier beschäftigen sich mehr mit dem Wesentlichen und mit bodenständigen Dingen. Sie lebt sehr einfach, worin ich nichts Schlechtes sehen kann. Sie kommt damit zurecht. Manchmal denke ich, dass sie ihr Leben absichtlich immer noch bescheidener gestaltet. So eine Art Askese. Auch das wird von uns normalen Menschen meistens bewundert. Sicherlich fehlt es an leicht verdaulicher Abwechslung, aber davon haben wir in der Stadt eher zu viel. Sie ist ein ausgesprochen fröhlicher Mensch und mich fasziniert besonders, dass sie sich über ganz einfache Dinge freuen kann. Anfangs kam mir das sehr naiv vor. Doch da kann ich nur wieder darauf verweisen, dass unsere städtischen Vorstellungen durchaus nicht als Maßstab dienen können. Also mach dir keine Sorgen, sie hatte damals nur eine melancholische Stimmung und du konntest es in der kurzen Zeit einfach nicht ins richtige Verhältnis setzen." - „Na, das klingt erfreulich. Danke, dass du dir die Mühe gemacht hast und so lange hiergeblieben bist." - „Das war überhaupt keine Mühe. Ganz im Gegenteil. Es war wirklich eine gute Idee von dir. Ich bin mit meiner Arbeit sehr gut vorangekommen. Ich werde weiter hierbleiben. Sie hat auch nichts dagegen. Wir verstehen uns ausgezeichnet. In den nächsten Tagen werde ich mich in der Stadt mit neuer Literatur eindecken und damit hoffe ich bis zum Ende des Frühjahrs meine Arbeit zu einem großen Teil abgeschlossen zu haben." - „Freut mich zu hören", antwortet Max, aber sein Blick ist misstrauisch geworden. Zu weiteren Überlegungen ist keine Zeit mehr. Verona ist zurück und fordert die beiden vom Gang her auf, das Abendessen gemeinsam zuzubereiten. Werner raunt Max zu, dass Küchendienst als Lohn für seine fachmännische Leistung die nächsten Tage seine Angelegenheit ist und entschuldigt sich bei Verona mit dem Hinweis, dass er heute unbedingt noch ein Kapitel zu Ende schreiben muss. Als Max nachdenklich die Küche betritt, glaubt Verona ihn beruhigen zu müssen. „Keine Angst, sonst half er immer mit. Du musst nicht glauben, dass er hier den Rundumservice hat." - „Hat er nicht?" antwortet Max und blickt sie misstrauisch an. Verona geht nicht auf seine unausgesprochenen Vermutungen ein. „Nein, nein, sonst hätte ich es niemals so lange mit ihm ausgehalten." Dann erzählt sie von dem riesigen Karpfen, den sie von einem Nachbarn bekommen hat und den sie zubereiten will. Gerade fallen Max die gemalten Bilder und der leere Raum ein, nachdem er Werner noch nicht befragen konnte. Später, denkt er sich. Während alles vor sich hin köchelt, testen sie die Weine. Erst als sie die dritte Flasche geöffnet und probiert haben, sind sie sich einig, dass es der Richtige ist. Als Werner endlich herunterkommt, prallt er schon in der Diele an der guten Laune der beiden ab. Ihm wird klar, dass es zu spät ist, noch auf den fahrenden Zug aufzuspringen. Mürrisch sitzt er auf der Eckbank und schweigt während des Essens, sieht noch eine Zeit lang bei der ständig steigenden Stimmung zu und zieht sich bald wegen angeblicher Müdigkeit zurück. Aus reiner Verzweiflung arbeitet er weiter, obwohl er das am Weihnachtsabend nicht vorgehabt hatte. Durch die angelehnte Zimmertür beobachtet er, mit welcher Selbstverständlichkeit Max mit in Veronas Schlafzimmer verschwindet. Er ärgert sich und kann nicht sagen, warum. Bisher kam er nie auf den Gedanken, mit Verona irgendetwas anzufangen und trotzdem schwirren Überlegungen durch seinen Kopf, ob er inzwischen nicht mehr Rechte hätte. Werner öffnet den Wein, den er zum heutigen Essen beisteuern wollte. Als er nach der zweiten Flasche greift, schüttelt er den Kopf, stellt sie in das Regal zurück, schließt seine Tür und lässt sich bekleidet quer auf sein Bett fallen. So erwacht er am frühen Morgen und Verona wundert sich, dass sie ihn ungewöhnlich früh schon unter der Dusche hört. Die beiden frühstücken und machen einen langen Spaziergang durch den hohen Schnee. Die Luft ist klar, der Himmel blau und die Sonne garniert jede noch so kleine Erhebung mit einem Lichtreflex. Lange stehen sie schweigend auf einem Felsvorsprung und überblicken das Tal.

Max steht erst zu Mittag auf. Während der nächsten Tage wird der morgendliche Spaziergang zur Gewohnheit. Werner begründet es vor sich selbst damit, dass er vorgehabt hatte, an den Feiertagen nicht so viel zu arbeiten, am Nachmittag räumt er allerdings jedes Mal verstimmt das Feld. Sogar von dem mittäglichen Brunch nimmt er sich nur ein Paar Happen mit auf sein Zimmer, immer mit dem Vorsatz zu schreiben, aber letztendlich starrt er aus dem Fenster. Max frühstückt bis in den späten Nachmittag hinein und Verona leistet ihm Gesellschaft. Erst als er in die Stadt zurückfährt, bessert sich Werners Stimmung. Ihr Alltag nimmt wieder den gewohnten Rhythmus an, die morgendlichen Spaziergänge bleiben. Drei Tage später verabschiedet auch er sich für ein bis zwei Wochen in die Stadt.

Verona will die Gelegenheit nutzen, um endlich wieder das Haus für sich zu haben, doch nach einem ausgiebigen Bad am Vormittag weiß sie schon nicht mehr, was sie machen soll. Verzweifelt versucht sie sich auf das Buch zu konzentrieren, das ihr Max zu Weihnachten geschenkt hat und ist froh, dass am frühen Abend Theresa vorbeikommt. „Hallo Theresa, schön, dass du kommst. Eigentlich habe ich mich auf ein paar ruhige Tage gefreut, aber ich hätte nicht gedacht, dass man sich so sehr an Gesellschaft gewöhnen kann. Komm. Es ist auch noch etwas Kuchen da." - „Verona ist gesellschaftssüchtig", lacht Theresa. „Das hätte ich nie für möglich gehalten. Ich überlegte, an den Feiertagen heraufzukommen, aber der Schnee lag zu hoch für das

Auto und zu Fuß war es mir zu anstrengend. Außerdem wollte ich eure Dreisamkeit nicht stören." Bei ihren letzten Worten grinst sie Verona verschwörerisch an, aber die reagiert nicht darauf. „Und gestern bat ich meinen Onkel, mit seinem Schneepflug eine Extrarunde zu dir herauf zu fahren." - „Ach, darum ist die Straße heute schneefrei. Werner hat sich sehr darüber gefreut. Danke!" - „Nichts zu danken. Ich dachte dabei nur an mich. Ich soll dich fragen, ob er nun immer zu dir herauf räumen soll, wenn du so viel Besuch bekommst." Wieder grinst Theresa verschwörerisch. „Nein, es ist in Ordnung, wie es bisher war. Und hör endlich auf so zu grinsen." - „Na, ich will doch nur wissen, wie es war. Mit Max und Werner. War das nicht komisch?" - „Nein, überhaupt nicht. Werner ist nur ein guter Freund. Ich kann mich sehr gut mit ihm unterhalten." - „Und mit Max nicht?" Verona antwortet mit einem lang gezogenen „Hm!" Sie konzentriert sich auf den Kuchen, den sie gerade aufschneidet. Theresa trägt die vollen Tassen zum Tisch, setzt sich hin und beobachtet ihre Freundin. Diese kommt mit dem Teller herüber, sieht den abwartenden Blick und seufzt. „Was soll ich sagen. Wenn ich von den Dingen erzähle, mit denen ich mich beschäftige, dann lächelt er immer sonderbar, aber meistens schweifen seine Gedanken sofort ab und er kommt plötzlich mit einem ganz anderen Thema. Eine der Kühe hatte starke Blähungen. Ist fast normal, wenn sie nur im Stall stehen, aber es beschäftigte mich und ich erzählte es ihm. Gut, er kennt sich damit überhaupt nicht aus, aber irgendeinen anteilnehmenden Kommentar erwartete ich schon. Er kaute nachdenklich an seinem Brot und plötzlich sagte er: ‚Ich muss nächste Woche unbedingt eine Werkstatt finden, die einen Ölwechsel macht. Meine hat bis zum Neujahr geschlossen.' Klingt jetzt komisch, aber ich versuchte wirklich einen Augenblick, das gesagte auf mein Problem zu beziehen. Ich brauchte lange, bis mir klar wurde, dass er mit seinen Gedanken ganz wo anders war. Er findet alles hier lächerlich und unbedeutend, aber es ist mein Leben! Und wenn er mich dann auffordert, zu ihm zu ziehen, sehe ich immer das Bild vor mir, dass er mir sofort erklärt, wo die Putzmittel sind oder so etwas. Schau, du hast gerade den Kaffee eingeschenkt und die Tassen herübergetragen." Theresa nickt und zuckt mit den Schultern. „Ja, das findest du selbstverständlich. Max hätte sich an den Tisch gesetzt und gewartet, bis ich alles bringe und hätte ich den Zucker für ihn vergessen, hätte er lautstark danach gerufen. Am Weihnachtsabend hat er mir schon geholfen, das Essen zuzubereiten, aber er erklärte mir auch, wie man Tomaten richtig herum aufschneidet und als mein Messer nicht scharf genug war und ich anfing es zu schärfen, fragte er, warum ich das nicht schon letzte Woche gemacht habe. Er hat sich seinen Computer mitgebracht und darauf andauernd ekelhafte Horrorfilme angesehen, weil hier nichts los ist, wie er meinte. Sind alles nur Kleinigkeiten, aber ich kann mir überhaupt nicht vorstellen, dauerhaft mit ihm zusammenzuleben und schon gar nicht in der Stadt. Dann sind mir unsere gelegentlichen Treffs schon lieber. Sex mit ihm macht Spaß. Er ist dann sehr einfühlsam und aufmerksam, auch wenn ich das Danach hasse, wenn er neben mir schnarcht und ich mich so einsam fühle wie sonst nie. Er ist dann so weit weg. Einerseits spüre ich in diesem Moment so viel Energie in mir, ich könnte

Berge versetzen. Andererseits kann ich nicht einmal das bisschen Nähe aufgeben, dass mir sein Schnarchen noch vermittelt. Ich klammere mich an eine Nichtigkeit im vollen Bewusstsein, dass ich gerade in der Lage wäre, die Welt aus ihren Angeln zu reißen. Das macht mich dann wütend und weil ich trotzdem liegen bleibe, bald unendlich traurig und dann fange ich an zu weinen. Die restliche Nacht liege ich wach und wage es nicht, ihm davon zu erzählen, wenn er mich damit aufzieht, warum ich so müde bin. Darum ist es gut, wenn er nur so selten da ist." Verona nickt und schüttelt den Kopf, als sie fortfährt: „Vielleicht bin ich einfach nicht dafür geschaffen, mit einem Mann zusammenzuleben. Er wünscht sich ein Leben in der Stadt, in das ich mich einzuordnen hätte und ich wünsche mir ein Leben hier. Ja, und ich gebe es zu, da müsste er sich einordnen. Mein Leben besteht aus unzähligen Regeln und Ritualen und ich bin mir nicht sicher, ob ich mich davon lösen kann. Ich empfinde alle meine Regeln nicht als einengend. Ganz im Gegenteil. Es sind Haken, an denen ich mein Leben aufhänge, bevor ich mich in diesem unaufhörlichen Schweben, Gleiten und Wandeln nicht mehr zu Recht finde." Theresa hat mit ihrem Finger gerade die Kuchenkrümel von der Tischplatte aufgetupft, die ihr heruntergefallen sind. Bei Veronas letzten Worten stutzt sie. „Du machst dir da, glaube ich, zu viele Gedanken. Du lebst schon lange allein, natürlich hast du deinen eigenen Rhythmus, der sich nur nach dir richtet, aber wenn ich heraufkomme, meistens unangemeldet, lässt du sofort alles stehen und liegen und bist voll für mich da, darum fühle ich mich so wohl. Und ich bin mir absolut sicher, dass du das auch bei jedem anderen Menschen - bekannt oder fremd - tun kannst. Mach dir bitte keine Sorgen, dass du dich nicht mehr auf einen anderen einstellen kannst. Und wenn sich Max darüber beschweren sollte, dann schicke ihn zu mir, dem erzähle ich dann etwas, aber so wie ich dich kenne, erzählst du ihm das auch selbst. Ich erinnere mich daran, als dein Cousin dich das erste Mal besuchte und wie sich meine Eltern Sorgen machten, du könntest von diesem Fremden überwältigt worden sein und wie sie erzählten, dass sie euch durchs Fenster im fröhlichen Beisammensein sahen." Theresa lacht. „Den hast du doch auch nicht mehr wirklich gekannt, nach so langer Zeit. Dann erzähl mir nicht, dass du eigenbrötlerisch und eremitenhaft bist." - „Nein, nein." Verona bleibt nachdenklich. „Vielleicht kann ich mich noch auf einen anderen Menschen einstellen, aber was ist, wenn ich mein eigenes Leben dabei vergessen würde? Ein Leben, das ich mir wie aus Einzelteilen, aus unzähligen Schubladen und vielen reiflichen Überlegungen zusammengestellt habe, auch wenn es für Außenstehende so aussieht, als wäre ich in einen eintönigen, stupiden Alltag hineingeboren worden, ohne Aussicht zu entrinnen. Ich mag mein Leben. Eigentlich habe ich Angst, dass ich mich zu sehr auf einen anderen Menschen einstellen kann und eines Tages bemerke ich, dass ich damit aufgehört habe, mein eigenes Leben zu leben. Ich befürchte, dass man nicht sterben darf, wenn man kein eigenes Leben gelebt hat. Man darf dann nur mitsterben wie die Diener und Frauen der alten Pharaonen. Das ist eine schreckliche Vorstellung." Theresa nickt, „Das ist wirklich eine schreckliche Vorstellung." Wieder hat sie so eine vage Ahnung, dass ihr der eigentliche Sinn ihres Gesprächs entgangen ist.

Anfang Februar ziehen die ersten Nebel auf, aber der Weg zum Hof ist befahrbar, Theresas Onkel hat immer nachgeholfen. Max steht an einem Samstagmorgen in der Diele, die Haustür war unverschlossen. Da er niemanden hört oder sieht, ruft er nach Verona. Die springt im Wohnzimmer vom Sofa hoch und fällt ihm mit einem strahlenden Lächeln in die Arme. "Das ist eine tolle Überraschung. Schön, dich zu sehen." Max gibt ihr einen Kuss und fragt: „Wo ist er denn?" - „Werner? Ich weiß es nicht. Er ist immer sehr beschäftigt. Ein fleißig Studierender eben." - „Was macht er denn?" - „Er brachte sich mehrere Kameras aus der Stadt mit und versucht sie nun zu fotografieren." - „Versucht, was zu fotografieren?" Verona lächelt schelmisch. „Die Nebelpferde. Er will einen echten Beweis. Er ist sehr eifrig."

Am Montagabend stürmt Max die Treppe zu Tobias Wohnung hinauf. Der steht in der Tür und sieht ihn verwundert entgegen. „Ist der Aufzug kaputt?" - „Nein, es dauerte mir zu lange." Ohne einen Gruß rennt Max aufgeregt an ihm vorbei, einmal durch die halbe Wohnung und zu Tobias zurück, der kopfschüttelnd die Tür schließt. "Weißt du, was er macht?" - „Wer? Was macht?" - „Werner." - „Nein, was macht er denn?" - „Er versucht, die Nebelpferde zu fotografieren. Er versucht einen wissenschaftlichen Beweis für sie zu finden und bedauert ernsthaft, dass er noch keine Möglichkeit sieht, sie in seine Abschlussarbeit mit einzubringen. Er deutete sogar an, ein neues Thema anzumelden und von vorne zu beginnen. Falls mir Verona einmal sonderbar vorkam, dann relativierte sich das an diesem Wochenende. Ok, Tobias, du glaubst jetzt, dass ich eine ganze Menge Leute für verrückt halte, aber keine Angst, dieses Mal werde ich nichts dagegen unternehmen." Max rennt wieder aufgeregt im Wohnzimmer auf und ab. „Vielleicht solltest du das aber dieses Mal. Schaffe ihr diesen Spinner vom Hals. Du hast ihn ihr schließlich auch zugetrieben." Max bleibt stehen und starrt ihn für Sekunden an. „Du hast recht. Ich erwischte sie das eine Mal einfach nur in einer stressigen Zeit. Wir redeten auch nicht wirklich miteinander. Ich hätte bei ihren sonderbaren Andeutungen einfach genauer nachfragen müssen. Vermutlich hätte sich dann alles geklärt. Und ich habe in meiner Fantasie die tollsten Geschichten daraus gesponnen. Da habe ich etwas angerichtet." - „Vielleicht war es auch mein Fehler. Ich hätte dich bremsen oder selbst einmal hinausfahren sollen. Aber ich wollte damals nicht auch noch hin. Mit deiner Beschreibung im Kopf wäre ich nur lauernd um sie herumgeschlichen und hätte Dinge gesehen, die es nicht gibt. Nun ahnt sie bestimmt, was da abläuft, wenn sie es nicht längst schon tat. Blöd ist sie nicht, und wenn sich dein Freund vom heimlichen Psychiater zum unheimlichen Psychopaten entwickelt hat, dann weiß sie sicherlich Bescheid. Also versuche das schnell wieder in Ordnung zu bringen." - „Na, sie trägt es derzeit mit sehr viel Humor. Vermutlich habe ich ihr die witzigste Showeinlage ihres Lebens verschafft."

Werner ist kaum noch im Haus zu halten. Verona warnt ihn, dass er sich trotz allem bei dem dichten Nebel nicht allzu weit entfernen soll. Ihr gemeinsames Kaffeetrinken gibt es nicht mehr und beim Abendessen ist er schweigsam. Sie beobachtet, wie er sich nicht nur körperlich, sondern auch geistig zurückzieht. Aus den gemeinsamen Theaterszenen werden Monologe und bald fühlt sie sich allein auf der Bühne. Erst jetzt wird ihr bewusst, dass es in diesem Theater niemals Zuschauer gab. Sie spürt die große Leere und vermisst den Applaus, die Aufmerksamkeit, die sie seit Wochen von ihrem Mitbewohner bekommen hat. Sie fühlt sich einsam, sitzt auf dem Sofa und versucht sich auf ein Buch oder eine Handarbeit zu konzentrieren. Sie beschäftigt sich mit alltäglichen Arbeiten, aber davon gibt es in der Winterzeit nicht mehr so viele.

Der Schnee hat sich in der letzten Tauperiode an der Oberfläche zu glattem Eis verfestigt und Schneefläche und Nebel zerfließen vor dem menschlichen Auge zu einer unzertrennlichen Einheit. Es ist anstrengend, die wenigen Schritte zwischen Haus und Stall hinüber zu gleiten, ohne zu stürzen. An längere Spaziergänge, die etwas Ablenkung gebracht hätten, ist nicht zu denken. Vage erinnert sie sich, dass sie Werner vor ein paar Wochen noch davon überzeugen wollte, dass diese Bewegungseinschränkung ein Geschenk ist und nun fühlt sie sich selbst wie ein Tiger in einem viel zu engen Käfig. Keine zehn Minuten kann sie mehr auf dem Sofa sitzen, um sich auf ein Buch zu konzentrieren, jedes Mal springt sie sofort wieder auf, weil sie unbedingt etwas Erledigen muss, irgendeine Nichtigkeit. Kaum dass sie einen klaren Gedanken fassen kann, geschweige denn ihn zu Ende zu führen. Nichts ist mehr zu spüren von der reinigenden Wirkung der ruhigen

Zeit. Wie konnte sie das nur bisher aushalten? So erledigt sie alle ihre nichtigen Arbeiten und ist dabei so unkonzentriert, dass sie sie glücklicherweise mehrmals nachbessern muss. So bringt man auch die Zeit herum. Doch Verona fühlt, dass sie leerläuft, dass ihre Batterie leerläuft, ohne sich bei all der nichtigen Aktivität wieder aufzuladen. Tagsüber kommt sie nicht zur Ruhe, nachts kann sie nicht schlafen.

In einer dieser schlaflosen Nächte verlässt sie ihr Zimmer und geht hinüber in ihre Kapelle. Eisige Kälte umgibt sie. Sie hüllt sich in die Decken und setzt sich im Dunklen auf den Boden. Plötzlich sieht sie trotz der Dunkelheit, wie ein pechschwarzer Schatten aufsteigt und sie langsam von unten her einhüllt. Sie hat das Gefühl, dass sie von bleiernen Gewichten am Boden gehalten wird. Sie ist viel zu müde, um sich dagegen zu wehren, ergibt sich, legt ihren Kopf auf den harten Holzboden und kann einschlafen, schläft bis in den Morgen hinein.

Verona zieht sich wieder öfter und länger in ihre Kapelle zurück. Sie steht bewegungslos am Fenster und sieht hinaus auf das weiße Nichts. „Schön, dass ihr wenigstens noch da seid." Nichts regt sich. „Es tut mir leid, dass ich euch so lange nicht besucht habe" Sie dreht sich vom Fenster weg, geht zu einem der Bilder, hebt es hoch und wischt mit ihrem Ärmel den Staub von der Fläche. Sie nimmt das Nächste und tut dasselbe. Dann stellt sie es wieder auf den Boden und setzt sich davor, betrachtet es. Sie seufzt auf und spricht laut mit dem Bild: „Wie knüpfe ich nur wieder an mein Leben an. Es ist so weit weg. Dort drüben auf der anderen Seite der Schlucht sehe ich meinen Pfad." Sie sieht dabei auf die Wand, als wäre es eine weite Ebene. „Der Sprung ist so weit. Ich würde ihn wagen, nur was ist, wenn mir während des Sprungs einfällt, dass ich diesen Pfad dort gar nicht mehr weiter gehen möchte?" Sie sieht das Bild fragend an. Nichts regt sich. Sie lehnt sich an eine Wand und zieht die Decke über sich. Minutenlang starrt sie weiter auf das Bild, dann krümmt sie sich auf dem Boden zusammen. „Ich habe nichts mehr übrig, mit dem ich die Leere füllen kann. Ich habe kein Material mehr, um mir einen neuen Weg zu bauen. Das Geflecht, auf dem ich gegangen bin, war nur sehr dünn und ihr habt nicht einmal gemerkt, dass ihr es zertreten habt. Es war wie ein Spinnennetz und ich bewegte mich sehr vorsichtig darauf. Und nun klebt es an euren Beinen, so dünn, dass ihr es nicht einmal sehen könnt. Aber für mich war es alles, was ich hatte. Jetzt ist da nichts mehr, auf dem ich wandeln kann. Nichts. Nichts." Ihre Augen füllen sich mit Tränen. „Nichts", sagt sie und fängt an zu schluchzen. Ihr Körper zuckt. Sie atmet tief und ruckartig ein und winselt wie ein verletztes Tier. Dann liegt sie lange ruhig da, mit geschlossenen Lidern, die Tränen noch auf ihrem Gesicht. Plötzlich öffnet sie die Augen, fixiert ein anderes Bild, rutscht auf den Knien darauf zu. „In meiner kleinen Welt, die nur in meinem Kopf existiert, lässt sich alles erklären, alles regeln, selbst die schlimmsten Dinge. Aber sie funktioniert nur in meinem Kopf. Ich hätte diese Welt längst schon aufgeben sollen, denn sie ist überhaupt nicht realitätsfähig. Aber diese kleine Welt ist der Grund, warum ich noch lebe, leben möchte. Ich bin nicht stark genug für das dort draußen, und wenn ich es wäre, würde ich meine Stärke nicht dafür verschwenden wollen. Wozu? Ich will nicht. Ich will nicht. Ich will nicht mehr. Ich suchte - nicht besonders lange, nicht besonders weit. Ich glaube, dass ich es dort draußen nicht finden kann. Ich weiß nicht einmal nach was ich gesucht habe." Sie schließt die Augen. Nichts regt sich.

Sie bleibt die halbe Nacht gekrümmt liegen, dann steht sie auf wie in Trance und malt ein neues Bild, worauf eine in Schleiern gehüllte Frauengestalt aus dem dunklen Bildgrund in die Helligkeit einer klaren Mondnacht wächst. Es ist das schönste, das Verona je gemalt hat. Danach säubert sie alle Farbtuben und Pinsel und verstaut sie in einer Kiste. Anschließend geht sie in den Stall, versorgt ihre Tiere und putzt drei Tage lang das komplette Haus. Werner bemerkt es nicht. Er ist tagsüber draußen und sortiert abends seine Bilder, macht sich Notizen dazu in dem kleinen Heft, das vom feuchten Nebel schon völlig aus der Form geraten ist.

~Zeit vergeht~

Als Theresa das Haus betritt, herrscht Totenstille. Sie schaut in jeden Raum, sie riecht den Zitronenduft eines Putzmittels, doch alles ist verlassen. Hinten durch das kleine Badezimmerfenster sieht sie Werner durch den Nebel springen. Einmal ist es Werner, dann nur sein Schatten, dann wieder der Nebel. Sekunden verharrt sie und betrachtet die spukhafte Szene. Sie schüttelt den Kopf und dreht sich um. Hinter ihr steht Verona in der Badezimmertür. Sie erschrickt. „Da bist du." Sie deutet über ihre Schulter aus dem Fenster. „Er jagt immer noch die Nebelpferde." Ihre Freundin nickt stumm, bleibt in der Tür stehen. „Kaffee oder etwas stärkeres?" fragt sie nach einer langen Pause, sie wirkt abwesend. Theresa fühlt sich sehr fremd in diesem Augenblick, nickt aber und sagt nur knapp: „Kaffee." Zusammen bereiten sie ihn zu. Verona holt die Keksdose, öffnet sie und hält sie schulterzuckend Theresa unter die Nase. Es sind nur noch drei übrig. Beide sitzen sie schweigend vor ihren Tassen, keiner rührt die Kekse an. „Macht er eigentlich noch etwas anderes?" fragt Theresa, um überhaupt etwas zu sagen und deutet mit dem Kopf in Richtung Bad. „Kaum", antwortet Verona knapp. „Was verspricht er sich davon, was glaubt er da zu machen?" fragt Theresa nun ehrlich interessiert. „Für Werner sind die Nebelpferde so etwas wie eine Jagdbeute. Er weiß nicht, ob es sie wirklich gibt. Ich glaube, aus seinem Blickwinkel betreibt er eine durchaus wissenschaftliche Arbeit. Er verbindet damit Ruhm und Ehre, wenn es ihm gelingen sollte, einen Beweis für ihre Existenz zu bekommen. Andererseits wäre er aber nicht wirklich erschüttert, wenn er irgendwann zu dem Schluss kommen sollte, dass sie nicht existieren." - „Und für dich, Verona, haben sie für dich auch eine Bedeutung?" - „Ja", antwortet sie leise und zögernd und starrt auf den Boden ihrer leeren Tasse. „Für mich bedeuten sie Freiheit. Sie sind die Möglichkeit, für immer fortzugehen, auch wenn mir dazu der Mut fehlt." - „Verona! Du hast dir hier alles so schön eingerichtet. Genieße es doch. Du wirst doch jetzt nicht fortgehen wollen?" - „Vielleicht gibt es für mich irgendwo auf dieser Welt noch eine Aufgabe zu erfüllen." Wieder schweigt sie lange. „Aber vermutlich würde ich mein restliches Leben damit verbringen, diesen Ort zu suchen und darin sehe ich keinen Sinn, ..." Verona wollte noch etwas hinzufügen, aber Theresa steht auf, nickt zustimmend und spült die Kaffeetassen ab. „Na also", sagt sie und greift nach einem Geschirrtuch. „Ich kann leider nicht länger bleiben, ich habe noch etwas vor. Werner wird ja bald hereinkommen." Verona starrt auf den Fleck, auf dem gerade noch ihre Tasse gestanden hat und nickt. Theresa schüttelt innerlich den Kopf. Nein, nicht heute, heute will sie mit Gebhardt ins Kino, darauf hat sie sich schon die ganze Woche gefreut. Heute muss Werner sich um Verona kümmern. Theresa blickt wieder zu ihrer Freundin, die immer noch auf denselben Fleck starrt. Sie nimmt sich vor, draußen noch mit Werner zu reden, doch als sie vor der Tür der dichte Nebel empfängt, geht sie gleich zum Auto. Verona sitzt noch am Tisch und starrt auf denselben Fleck und beendet ihren Satz, „...dann kann ich auch gleich gehen."

Im Haus ist niemand. Werner steht draußen im Nebel. Er hat drei Kameras auf Stative aufgebaut, die in unterschiedlichen Abständen Bilder knipsen. Dieses Knipsen ist es, was Max im Nebel hört. „Werner!" ruft er ihn laut an. „Werner, wo ist Verona?" - „Weiß nicht. Ist weggegangen." - „Wohin?" - „Jetzt nicht Max, jetzt nicht. Ich darf den richtigen Moment nicht verpassen." Werner rennt fieberhaft und mit glasigem Blick zwischen seinen Kameras hin und her. Max sieht ihm minutenlang zu und schüttelt den Kopf. „Du solltest dieses Mal mit mir zurück in die Stadt fahren. Deine Arbeit scheinst du ja so weit abgeschlossen zu haben." Werner hört ihn nicht. Im Haus bedient sich Max aus der Speisekammer. Er hat bemerkt, dass er hungrig war und während er wartet, kann er auch etwas essen. Verona hat bestimmt nichts dagegen. Auf dem Tisch steht ein kleiner Teller mit drei Keksen. Max greift nach einem, fühlt, dass er völlig trocken ist und lässt ihn zurückfallen. Als er fertig gegessen hat, ist es später Nachmittag und es wird draußen noch dunkler, als es ohnehin schon war. Max geht hinüber ins Wohnzimmer und beobachtet durch das Fenster die schwachen Lichtblitze, die vermutlich von Werners Kameras stammen. Als es völlig dunkel ist, kommt Werner herein. Er stellt die Kameras im Gang ab und holt sich aus der Küche etwas zu essen. Er greift nach einem der Kekse auf dem Tisch und lässt ihn wieder auf den Teller fallen. Als er auf sein Zimmer gehen will, ruft ihm Max nach: "Bist du dir sicher, dass Verona nicht gesagt hat, wo sie hinwollte?" - „Weiß nicht, ich habe zumindest nichts gehört." - „Wollte sie vielleicht zu Theresa und wollte sie dort übernachten.

Ich kann mir nicht vorstellen, dass sie bei diesem Nebel noch im Dunklen draußen herumrennt." - „Die wird schon wissen, was sie macht. Sie kennt sich hier aus", damit steigt Werner die Treppe hinauf. Max bleibt unschlüssig zurück. Er fängt nun wirklich an, sich Sorgen zu machen. Unruhig läuft er im Wohnzimmer auf und ab. Wo ist sie nur? Theresa fällt ihm wieder ein. Er sucht am Telefon nach einer Nummer, kann den Namen in dem Register aber nicht finden. „Werner, ich fahre ins Dorf hinunter. Ruf mich auf dem Handy an, falls Verona nach Hause kommt", schreit er ins Obergeschoß hinauf. Er bekommt keine Antwort. „Werner?" - „Ja, mache ich", antwortet dieser endlich. Max läuft zu seinem Auto und fährt langsam durch Nebel und Dunkelheit nach unten. Er hat keine Ahnung, wo Theresa wohnt, darum klingelt er am erstbesten Haus und fragt. Es ist kein großes Problem, die gewünschte Auskunft zu erhalten. Jeder kennt hier jeden und ihn kennen alle anscheinend auch.

Theresa sieht ihn verwundert an, als er nach Verona fragt. Als er ihr erzählt, wie lange er schon auf dem Hof auf sie gewartet hat, und dass Werner auch nicht weiß, wo sie ist, wird sie nachdenklich. „Verona weiß, wie gefährlich es ist, bei Nebel und noch dazu nachts durch die Berge zu spazieren. Ich wüsste auch nicht, was sie um diese Zeit noch draußen zu erledigen hätte. Sie hat nichts von irgendwelchen größeren Vorhaben erzählt. Ist ihr eines der Tiere davongelaufen?" - „Ich weiß nicht, danach habe ich nicht geschaut. Es würde mir auch nicht auffallen, ob nun ein Huhn mehr oder weniger im Stall herumrennt." Theresas Eltern sind dazugekommen. „Ich werde einmal ihre nächsten Nachbarn anrufen", schlägt Herr Müller vor. Alle stehen gespannt neben ihm am Telefon, doch keiner der Nachbarn weiß etwas. Er ruft auch bei Verona an. Vielleicht ist sie inzwischen schon nach Hause gekommen, aber nicht einmal Werner hebt dort ab. „Ist Werner im Haus geblieben?" fragt Theresa. „Doch. Oder auch nicht. Ich weiß es nicht. Der ist irgendwie nicht wirklich ansprechbar", antwortet Max nervös. „Wie meinen Sie das?", fragt nun Frau Müller aufgeregt. „Hat er etwas mit dem Verschwinden des Mädchens zu tun?" - „Nein. Ich weiß es nicht. Nein, glaube ich nicht. Er ist nur sehr mit seiner Arbeit beschäftigt." Alle drei fixieren Max skeptisch, der überlegt: „Nein, das glaube ich nicht. Er sagte, dass er sie am Vormittag weggehen sah. Er hat sich keine Gedanken darüber gemacht. Sie ging jeden Tag irgendwelchen Beschäftigungen nach. Hat sie jemanden, den sie besucht und vielleicht dort übernachtet?" Alle sehen Theresa an. „Nein, das wüsste ich." Herr Müller ergreift die Initiative. „Wir machen jetzt Folgendes", er wendet sich an Max, „du fährst wieder zum Hof hinauf. Theresa, du fährst mit. Aber seid vorsichtig. Wenn Verona immer noch nicht da sein sollte, durchsucht ihr das ganze Haus. Von oben bis unten. Stall und alle Ecken um das Haus herum. Du kennst dich dort am besten aus, Theresa. Solltet ihr sie nicht finden, was ich nicht hoffe, dann ruft ihr hier an und ich werde dann noch einmal auf den umliegenden Höfen herumrufen, dort soll dann jeder in seiner Umgebung suchen. Und ich werde die Bergwacht informieren. Die werden mir zwar sagen, dass eine Suche bei Nacht überhaupt keinen Sinn macht, aber zumindest informiere ich sie schon einmal, die haben mehr Erfahrung. Also fahrt los. Vielleicht sitzt sie im Stall bei einem ihrer Tiere, dem es nicht gut geht."

Verona ist nicht im Stall, nicht im Haus und auch nicht in der näheren Umgebung. Theresa steht niedergeschlagen in der Küche und starrt auf den Teller mit den drei Keksen. Noch in der Nacht suchen die Nachbarn in der Umgebung ihrer Höfe. Nichts.

Am nächsten Morgen rückt die Bergwacht aus, begleitet von vielen Bewohnern des Dorfes. Drei Tage lang tönen allerorts Rufe durch den Nebel. Doch die Suche bleibt erfolglos. Die Bergwacht fährt systematisch alle Wege und alle Bergstraßen ab. Ein Hubschrauber kreist trotz des Nebels tagelang über dem Tal. Die Suche bleibt erfolglos.

Nach einer Woche fahren Max und Werner zurück in die Stadt. Max ruft mehrmals täglich auf dem Hof und bei den Müllers an, dann hören die Anrufe auf.

Im Laden von Herrn Mahlich sprechen die Kunden über das Unglück. Frau Müller steht dabei und beginnt zu weinen. Plötzlich fängt Herr Mahlich wie zu sich selbst zu sprechen an: „Verona war wie ein kleiner Schmetterling, der durch den Tod ihrer Eltern weit auf das offene Meer hinausgeschleudert wurde. Sie fand dort kein Land mehr und irgendwann wäre sie auch ohne äußeres Zutun vor Erschöpfung abgestürzt. Aber es kam anders. Es kam eine helfende Hand. Diese Hand ergriff ihre zarten Flügel. Nun konnte Verona etwas verschnaufen. Nur als die Finger ihre Flügel wieder losließen, waren diese darunter zerdrückt. Der Schmetterling fiel ins Wasser und ertrank." Frau Müller sieht ihn verwundert an. Kopfschüttelnd trocknet sie ihre Tränen

und verlässt mit einer anderen Frau den Laden. Draußen sagt sie: „Der Mann ist sehr alt und sehr einsam."

In Frühjahr, als die Nebel endlich verschwunden
sind, macht sich die Bergwacht wieder auf die traurige
Suche, aber sie finden nicht einmal Veronas Leiche.

§

Hat dir das Buch gefallen, dann nimm dir bitte ein paar Minuten Zeit, um es auf BoD, Instagram, Lovelybooks, Amazon, ... zu bewerten. Danke.